"Bitte ziehen Sie eine Nummer"

Überlebenstraining im deutschen
"Amtendschungel"

Der Autor

VORELLE (Volkmar Relle) liebt Geschichten, die dem ganz normalen Wahnsinn des Alltags ein Lächeln entlocken.

Nach „*Schwitz mit Fritz*" entführt er die Leser nun mitten hinein in den "Amtendschungel" – dorthin, wo Nummern gezogen, Anträge verloren und Helden geboren werden.

Mit feinem Witz und scharfem Blick hält VORELLE unserer Gesellschaft einen Spiegel vor: manchmal schmerzhaft, meistens aber herzlich komisch.

Mehr Informationen und Hintergründe zum Autor finden Sie auf

www.pepironie.de

www.schwitz-mit-fritz.de.

Impressum

Titel: Bitte ziehen Sie eine Nummer
Autor: VORELLE
Cover-Design und Logo: VORELLE
Erstveröffentlichung: 2025
Verlag: BoD · Books on Demand GmbH,
Überseering 33, 22297 Hamburg, bod@bod.de
Druck: Libri Plureos GmbH, Friedensallee 273,
22763 Hamburg
ISBN: 978-3-8192-9636-9
Ort: Deutschland

Haftungsausschluss:
Alle Geschichten, Charaktere und Situationen in
diesem Buch sind frei erfunden –
oder vielleicht auch nicht.
Ähnlichkeiten mit realen Personen, Ämtern oder
Vorgängen sind rein zufällig und nicht absichtigt.

Vorwort

Die Wahrheit liegt irgendwo zwischen Schalter 3 und Zimmer 4.17

Man sagt, gute Geschichten seien entweder frei erfunden – oder sie beruhen auf wahren Begebenheiten.
Dieses Buch liegt, wie so vieles im Leben, irgendwo dazwischen.
Zwischen Realität und Fiktion.
Zwischen der wartenden Masse und dem einzigen geöffneten Schalter.

Ja, ich gestehe:
In meinem mittlerweile durchaus beachtlichen Lebenslauf hat sich die eine oder andere ähnliche Szene tatsächlich auf einem Amt abgespielt.
Vielleicht nicht genau so.
Vielleicht schlimmer.

Wichtiger Hinweis an alle, die sich möglicherweise wiedererkennen:

Dies ist **kein Angriff auf Berufsgruppen**.
Kein Feldzug gegen Beamte, Sachbearbeiter oder freundliche Damen an der Empfangstheke, die einen

freundlich „bitte setzen Sie sich" raten, wenn der Akku der Armbanduhr längst aufgegeben hat.

Es ist vielmehr eine kleine Liebeserklärung.
Eine Hommage an den alltäglichen Überlebenskampf in Formularschluchten und Warteschlangendschungeln.
Ein ironischer Blick auf ein System, das sich zwar regelmäßig selbst im Weg steht – uns aber zugleich unermüdlich zeigt,
wie wichtig Humor, Geduld und gelegentlich ein kräftiges Augenrollen sind.

Wenn Sie beim Lesen lächeln,
schmunzeln,
vielleicht sogar kurz innehalten und denken:
 „Ja, genau so war es bei mir auch!"
 Dann hat sich der ganze Aufwand bereits gelohnt.

Und falls Sie doch einmal den Verdacht haben sollten, dass eine Geschichte zu nah an der Wirklichkeit kratzt:
Seien Sie versichert, dass ich zur Not alles abstreiten oder einfach behaupten werde, es sei nur Satire,
oder ein besonders realistischer Traum, verursacht durch zu lange Wartezeiten.

In diesem Sinne:

Ziehen Sie eine Nummer.
Nehmen Sie Platz.
Und genießen Sie die Reise durch den
charmant-chaotischen "Amtendschungel" unserer
schönen Verwaltung.

Viel Vergnügen wünscht Ihnen
ein warteschlangengestählter Optimist,
der heute noch glaubt, dass hinter jedem "bitte
warten" vielleicht doch ein kleines "bitte lächeln"
steckt.

Ihr
VORELLE

Inhalt

Kleine Mini-Serie zum Schmunzeln:

→ Die zehn Gebote des Behördengängers
→ Bullshit-Bingo beim Bürgeramt
→ Der Geist des verschollenen Antrags
→ Die Odyssee der Wartezimmerstühle
→ Was Ihr Formular Ihnen nicht verrät

"Die Hoffnung stirbt zuletzt. Direkt nach dem Drucker."

„Genehmigungspflichtiges Federvieh"

Es war ein sonniger Montagmorgen, der Himmel strahlte, die Vögel zwitscherten, und ich beschloss, etwas Sinnvolles zu tun: ein kleines Vogelhaus für meinen Garten zu bauen.
Nicht etwa einen Palast. Kein Vogel-Taj-Mahal.
Nur ein schlichtes Häuschen, damit die Spatzen im Winter nicht wie Eiswürfel vom Ast kippen.

Voller Idealismus besorgte ich Holz, Nägel und eine Anleitung aus dem Internet ("Vogelhaus für Dummies"). Gerade als ich den ersten Nagel heldenhaft einschlug, rief mein Nachbar von über dem Zaun:
„Dafür brauchen Sie aber eine Baugenehmigung!"

Ich lachte.

Er nicht.

Zwei Stunden später stand ich im Foyer des Bauamtes – oder wie ich es nach kurzer Zeit nennen sollte: **Der Vorhof der Hoffnungslosigkeit**.

Das Amt empfing mich mit der bekannten Mischung aus Linoleum, Neonlicht und einem subtilen Hauch von Lebensverneinung.
Ich zog brav eine Nummer: **B-712**.
An der Anzeige blinkte auf: **Jetzt aufgerufen: B-68**.

Ich kalkulierte. Hochrechnung: 44 Nummern bei einer durchschnittlichen Bearbeitungsdauer von 11 Minuten pro Antrag ergaben eine Wartezeit von – ich tippte es in meinen Taschenrechner – *ungefähr drei Weltwirtschaftskrisen.*

Nach zwei Stunden, drei Kaffees und einer existenziellen Sinnkrise flackerte endlich meine Nummer auf.
Ich stürzte zum Schalter, wo mich ein junger Sachbearbeiter empfing, der aussah, als würde er seine Lebensfreude mit jedem Stempelvorgang ein kleines Stück opfern.

„Wie kann ich Ihnen helfen?" fragte er, mit der Betonung auf *helfen*, als wäre das Wort ein Fremdkörper in seinem Mund.

Ich erklärte mein Anliegen: Vogelhaus. Garten. Spatzenrettung. Keine kommerzielle Nutzung, keine Partys mit DJ Birdy.

Er runzelte die Stirn.

„Ein Bauwerk. Unterliegt dem Bauordnungsrecht. Mindestens Nutzfläche 0,15 Quadratmeter?"

Ich nickte, ahnungslos.
Er griff zum Formularstapel, den ich für einen Museumsbestand der frühen Bürokratiegeschichte gehalten hatte.

„Sie benötigen einen Bauantrag Typ A3-14b. Dazu ein statisches Gutachten."
„Für ein Vogelhaus?"
„Vorschrift. Könnte bei Sturmflug als Geschoss gelten."
„Aber... es ist für Spatzen."
„Auch Kleingebäude müssen standfest sein."

Eine halbe Stunde später verließ ich das Amt mit:

- einem Formular A3-14b,

- einer Verpflichtung, ein Prüfstatikerbüro einzuschalten,

- einem Merkblatt zu Brandschutzbestimmungen für Gebäude aus Holz,

- und dem unerschütterlichen Gefühl, dass die Spatzen diesen Winter auf sich allein gestellt sein würden.

Zuhause erwartete mich mein Nachbar, der mit einer Tasse Kaffee am Zaun lehnte wie ein Scharfrichter, der auf den Gong wartet.

„Und?"
Ich schaute ihn an, müde, gebrochen, weiser.
„Die Spatzen ziehen jetzt um. In einen genehmigungsfreien Busch."

Er nickte verständnisvoll.
„Willkommen im Klub."

"Nichts geht schneller verloren als ein Antrag, der perfekt ausgefüllt wurde"

„Ein Buchstabe zu viel – ein Leben zu wenig"

Ein Buchstabe zu viel – ein Leben zu wenig

Alles begann mit einer harmlosen Eheschließung.
Ich heiratete.
Im Rathaus.
Mit Blumen, Freudentränen – und einer Standesbeamtin, die beim Ausstellen der Heiratsurkunde versehentlich meinen Nachnamen mit einem **zusätzlichen „l"** adelte.

Aus **Relle** wurde **Rellle**.
Drei "l" – ein neuer Mensch.

Ich bemerkte es zunächst gar nicht. Liebe macht ja bekanntlich blind.
Aber spätestens als ich meinen neuen Personalausweis abholte und auf dem Kärtchen eine Person namens „Rellle" grinste, als käme sie gerade aus Mittelerde, wurde ich stutzig.

Voller Optimismus ging ich zum Bürgeramt.
Immerhin – dachte ich –, es ist ja nur ein Buchstabe.
Ein Lächeln, eine kurze Erklärung, und schwupps, alles wieder in Ordnung!

Ich zog eine Nummer: **C-452**.
Die Anzeige blinkte: **Jetzt aufgerufen: C-147**.
Ich setzte mich und beschloss, bis zum Aufruf meiner
Nummer innerlich zu altern.

Zwei Stunden später saß ich vor Frau Glatz.
Eine Dame mit einer Frisur, die wie eine umgekehrte
Mütze auf ihrem Kopf thronte, und der Mimik eines
verbeulten Briefkastens.

Ich schilderte mein Anliegen.
„Ein Tippfehler, nur ein Buchstabe zu viel, bitte
korrigieren Sie das."

Sie zog eine Braue hoch, als hätte ich vorgeschlagen,
die Verfassung umzuschreiben.
Dann griff sie zu einem Formularstapel, der so dick
war, dass man ihn problemlos als Winterdämmung
eines Einfamilienhauses hätte verwenden können.

„Für eine Namensänderung", erklärte Frau Glatz,
„benötigen wir:"

- Antrag auf Namensberichtigung (Formular
  B-203)

- Geburtsurkunde (beglaubigt, Original plus Kopie)

- Heiratsurkunde (beglaubigt, Original plus Kopie)

- Meldebescheinigung (nicht älter als 14 Tage)

- Nachweis der Staatsangehörigkeit (Original plus beglaubigte Kopie)

- Führungszeugnis (nicht älter als 3 Monate)

- Ein aktuelles biometrisches Passfoto (ohne Schokoladenfleck auf der Stirn)

„Und außerdem," setzte sie nach, „eine eidesstattliche Versicherung, dass Sie tatsächlich keine drei L im Namen führen."

Ich starrte sie an.
„Aber es war doch Ihr Kollege beim Standesamt, der sich vertippt hat!"
„Das spielt für uns keine Rolle", erklärte Frau Glatz mit der Emotionslosigkeit eines Parkscheinautomaten. „Faktisch heißen Sie Rellle. Sie müssen beweisen, dass Sie Relle heißen wollen."

Eine Woche später schleppte ich mich erneut ins Amt. Mit einer Mappe voller Dokumente, die schwerer war als der Schuldneratlas von Nordrhein-Westfalen.

Dieses Mal traf ich auf Herrn Kramp, einen erstaunlich freundlichen Sachbearbeiter, der mich gleich beim Eintreten mit den Worten begrüßte:
„Ah, Sie sind der mit den drei L!"

Innerhalb von 40 Minuten – neuer Rekord! – schafften wir es, meine Identität auf zwei L zu reduzieren.

Er reichte mir die Bestätigung:
„Sie sind wieder offiziell Relle. Herzlichen Glückwunsch."

Ich lächelte dankbar, bis ich ganz unten auf dem Formular las:
„Name geändert in: Rele."

Ein L zu wenig.

Ich überlegte kurz, dann atmete ich tief durch, verstaute die Papiere und schwor mir:
Beim nächsten Mal heirate ich einfach als „X".

"Geduld ist nicht die Fähigkeit zu warten, sondern die Kunst, dabei nicht auszurasten."

„Beamtenmikado – Wer sich zuerst bewegt, verliert"

Beamtenmikado – Wer sich zuerst bewegt, verliert

Manchmal frage ich mich, ob das deutsche Beamtentum ursprünglich als soziales Experiment gedacht war:

Was passiert, wenn Menschen mit Entscheidungsbefugnis darauf trainiert werden, auf gar keinen Fall eine Entscheidung zu treffen?

Meine Vermutung: Es passiert das, was mir beim Antrag auf eine Sondernutzungsgenehmigung widerfuhr.

Alles begann mit einer glorreichen Idee:
Ich wollte ein Straßenfest organisieren.
Ein nettes kleines Fest – Kinder, Kuchen, ein bisschen Blasmusik, vielleicht ein Hüpfburginflationsspektakel für die Kleinsten.

Ich füllte die Antragsunterlagen aus (22 Seiten, davon 19 Seiten Datenschutzbelehrung) und reichte sie beim Ordnungsamt ein.

Drei Tage später erhielt ich eine Antwort:
„Ihr Antrag wird geprüft."

Fünf Wochen später:
„Ihr Antrag wird an die Abteilung für Sondernutzung weitergeleitet."

Zwei Wochen später:
„Die Abteilung für Sondernutzung bittet die Abteilung Verkehr um Stellungnahme."

Drei Wochen später:
„Die Abteilung Verkehr hat Rückfragen bei der Abteilung Sicherheit."

Eine Woche später:
„Die Abteilung Sicherheit benötigt die Einschätzung der Abteilung Brandschutz."

Am Ende führte meine Anfrage zu einer konzertierten Bewegung innerhalb der gesamten Stadtverwaltung –
nur nicht in Richtung Entscheidung.

Nach drei Monaten wurde ich schließlich zu einem „Anhörungstermin" geladen.
Es fand im sogenannten Bürgerraum statt, einem fensterlosen Kubus, in dem die Neonröhren auf maximal deprimierend eingestellt waren.

Anwesend waren:

- ein Vertreter vom Ordnungsamt,

- eine Beauftragte für Sondernutzung,

- ein Sachbearbeiter für Verkehr,

- eine Sicherheitssachverständige,

- und, zur allgemeinen Heiterkeit, ein Mann vom Grünflächenamt, weil auf der Einladung irrtümlich „Freiluftnutzung" gestanden hatte.

Sie saßen alle um einen runden Tisch.
In der Mitte mein Antrag.
Darüber kreiste ein unsichtbarer Geier der Verantwortung.

Die Beauftragte für Sondernutzung blickte zum Verkehrsexperten:
„Also, aus unserer Sicht keine Einwände, aber... Sie?"

Der Verkehrsmann wischte sich mit auffälliger Langsamkeit eine imaginäre Fluse von der Jacke.
„Wir könnten zustimmen, aber das müsste die Sicherheit klären."

Die Sicherheitssachverständige schob die Lesebrille hoch auf die Stirn, sah zur Grünfläche:
„Wenn von dort kein Widerspruch kommt, sehe ich auch kein Problem."

Der Mann vom Grünflächenamt räusperte sich.
„Da müsste ich zunächst prüfen, ob der Walnussbaum am Rande der Straße betroffen ist."
Pause.
Dramatische Stille.
„Der Baum steht unter kommunalem Schutz."

Ich merkte, wie die Sekunden zäh wie Blei in die Neonröhren tropften.
Ein falsches Wort, eine unvorsichtige Bewegung – und das Beamtenmikado wäre verloren!

Also saßen wir da.
Reglos.
Schweigend.

Irgendwann, als ich vor Hunger auf meiner Jacke herumkaute, fragte ich vorsichtig:
„Kann ich irgendetwas beitragen?"

Alle fünf Beamten sahen mich an, als hätte ich gerade laut gerülpst.

Nach einer weiteren Viertelstunde kollektiver Unbeweglichkeit erhob sich die

Sondernutzungsbeauftragte und sprach das endgültige Urteil:
„Wir werden das intern nochmals abstimmen."

Ich verließ das Gebäude – vier Stunden älter und um eine Erkenntnis reicher:
Beamtenmikado ist eine hohe Kunst.
Wer sich bewegt, verliert.
Wer zuckt, ist verantwortlich.
Und wer atmet, könnte versehentlich zustimmen.

Bis heute habe ich übrigens keine Genehmigung für das Straßenfest.
Aber ich habe eine Urkunde, unterschrieben von fünf verschiedenen Ämtern:
„Teilnahmebescheinigung am interdisziplinären Abstimmungsverfahren."

Sie hängt jetzt gerahmt im Flur.
Neben dem geplanten Platz für die Hüpfburg.

"Wer auf dem Amt freundlich bleibt, hat das Level 'Erleuchteter Behördenmeister' erreicht."

„Ordnungsamt – Die Hüter der Grillwurst"

Ordnungsamt – Die Hüter der Grillwurst

Es war ein Samstagnachmittag, die Sonne schien, die Vögel zwitscherten, und über der Schrebergartenanlage „Abendfrieden e.V." lag der beruhigende Duft von Holzkohle, Bratwurst und ziviler Ungehorsamkeit.

Ich hatte den Fehler begangen, meinen kleinen Campinggrill aufzubauen.
Nur ein simpler, wackeliger Dreibeingrill aus dem Baumarkt, der beim ersten Windhauch Gefahr lief, zum Satelliten aufzusteigen.
Darauf: vier Würstchen, ein paar marinierte Hähnchenschenkel und mein ganzer Stolz – zwei Gemüsespieße, die aussahen wie aus der Brokkolihölle.

Ich wendete gerade einen dieser Gemüsespieße, als ich aus dem Augenwinkel ein leises Knirschen auf dem Kiesweg hörte.
Das Knirschen von Vorschriften auf dem Vormarsch.

Ein Kleinwagen, so grau wie die Buchhaltung eines Staubsaugervertreters, schob sich auf den Parkplatz.
Auf der Fahrertür prangte der Schriftzug: **„Städtisches**

Ordnungsamt – Sicherheit und Ordnung".
Ein Omen, kühler als ein Eisblock im Schockfroster.

Zwei Beamte stiegen aus, beide mit der Körpersprache
von Menschen, die morgens ihre Uniform mit
Sekundenkleber anlegen.
Einer – Typ „schmal und knitterfrei" – trug einen
kleinen Notizblock, der andere – Typ „breit gebaut,
Gesichtsausdruck wie eine Steintreppe" – musterte den
Grill mit der Leidenschaft eines Trüffelschweins auf
Diät.

„Guten Tag", sagte der Knitterfreie und schob sich den
Notizblock zurecht.
„Wussten Sie, dass offenes Feuer in Kleingartenanlagen
nur mit Genehmigung der Ordnungsbehörde erlaubt
ist?"

Ich blinzelte gegen die Sonne.
„Offenes Feuer?" fragte ich.
„Das ist ein Campinggrill. Wenn ich puste, geht er aus."

„Das spielt keine Rolle."
Er blätterte in seinem Block.
„Verordnung 17/5b.1 über Gefahrenabwehrmaßnahmen
bei Kleinfeuerstätten unterhalb der Rubrik ‚Leicht
entzündliche Freizeitnutzung'."

Ich sah auf meinen jämmerlich glimmenden Grill, auf
dem die Würstchen vor sich hin weinten.

„Aber es ist doch gar kein richtiges Feuer!"
„Sie spielen hier Roulette mit der öffentlichen
Sicherheit", sagte der Beamte todernst.
„Wissen Sie eigentlich, wie viele Gartenzwergverluste
jährlich auf nicht genehmigte Grillvorgänge
zurückzuführen sind?"

In diesem Moment bemerkte ich die anderen
Kleingärtner, die diskret ihre eigenen Grills löschten,
Würste versteckten und sich hinter Hecken duckten, als
käme eine Steuerprüfung vorbei.

Mein Nachbar, Herr Schröder, der sich bislang durch
nichts aus der Ruhe bringen ließ – nicht einmal durch
den Einschlag eines herabgestürzten Astes auf sein
Dackelhäuschen –, flüsterte panisch:
„Schnell! Versteck das Ketchup!"

Der Knitterfreie zückte ein Bußgeldformular.
„Ordnungswidrigkeit: unerlaubtes offenes Feuer.
Bußgeldrahmen: 35 bis 500 Euro."
„Für einen Campinggrill?" japste ich.
„Das Feuer muss klein sein, aber die Gefahr ist groß."
Er lächelte dabei wie jemand, der innerlich eine
Excel-Tabelle befüllt.

Ich versuchte einen letzten verzweifelten
Rettungsversuch:

„Aber... das hier sind Gemüsespieße! Die brennen höchstens sozial aus."

Keine Gnade.
Ich zahlte vor Ort – 35 Euro.
Der Beleg: „Tatbestand: Entfachung einer leicht brennbaren Feuervorrichtung in genehmigungspflichtigem Grünbereich."

Als die Beamten verschwanden und ich auf meinen ausgebrannten Grill blickte, schwor ich mir:
Das nächste Mal grille ich kalte Gurken.
Im Keller.
Unter Wasser.
Mit schriftlicher Genehmigung.

"Warten auf den Sachbearbeiter ist wie Meditation – nur lauter, ungeduldiger und mit schlechteren Stühlen."

„Wartezimmerolympiade"

Wartezimmerolympiade

Es gibt Orte, an denen der Lauf der Zeit aufgehoben ist.
Wo Minuten sich zu Stunden aufblasen wie Hefeteig in
der Sahara.
Wo die Luft schwerer ist als eine
Sozialversicherungsnummer.
Willkommen im **Wartezimmer**.

Mein Abenteuer begann an einem verregneten
Mittwoch Morgen, als ich mich pflichtbewusst zum
Einwohnermeldeamt begab, um eine Adressänderung
durchzugeben.
Man warnte mich bereits am Telefon: „Kommen Sie
früh. Und bringen Sie Verpflegung mit."
Ich dachte, es sei ein Scherz.
Ich irrte mich.

Beim Betreten des Wartezimmers wurde ich sofort von
der einzigartigen Atmosphäre erfasst:
Ein Mix aus feuchter Wolle, kaltem Kaffee und geballter
Lebensaufgabe.

Die Regeln der Wartezimmerolympiade lernte ich
schnell:

Disziplin 1: Sprint zum besten Sitzplatz
Kaum wurde ein Stuhl frei, explodierten die wartenden
Bürger wie bei einem 100-Meter-Start.
Ein pensionierter Lehrer, Typ „heimlicher Triathlet",
sprang mit der Eleganz eines junggebliebenen
Flusspferds auf den letzten freien Stuhl neben der
Heizung.

Ich blieb zurück.
Stehend.
Verlierer.

Disziplin 2: Sitzmarathon
Wer einmal sitzt, steht nie wieder auf.
Ich beobachtete eine Dame im lilafarbenen Kostüm, die
sich dermaßen tief in den Plastikstuhl eingenistet hatte,
dass sie irgendwann Teil des Mobiliars wurde.

Disziplin 3: Synchronhusten
Ein Klassiker.
Kaum hustete einer, antworteten zwei, dann fünf, dann
das ganze Zimmer.
Ein orchestriertes Husteninferno, das selbst
Tschaikowskys 1812-Ouvertüre in den Schatten gestellt
hätte.
 Die erste Strophe klang noch verzagt, doch nach

zwanzig Minuten gab es ein Crescendo, bei dem die Lüftungsanlage um Gnade winselte.

Disziplin 4: Akustisches Geduldspiel

Neben dem Husten ertönte im Zehn-Minuten-Takt das beruhigende „Pling" des Anzeigedisplays:
„Jetzt bitte Nummer 23 an Schalter 7."

Ich, Besitzer von Nummer 68, entwickelte ein tiefes spirituelles Verhältnis zu dieser Anzeige.
Manchmal stellte ich mir vor, sie würde einfach direkt mein Testament aufrufen.

Disziplin 5: Blickduell

Eine junge Frau schien sich vorgenommen zu haben, mich durch starres Anstarren in den Wahnsinn zu treiben.
Ich hielt tapfer dagegen.
Unsere Blicke verhakten sich.
Es war ein Psychokrieg epischen Ausmaßes.
Erst als eine Oma hustend dazwischenfiel, trennten sich unsere Augenlinien.

Nach exakt 2 Stunden, 47 Minuten und 13 Sekunden (ich hatte eine App dafür geladen), wurde meine Nummer endlich aufgerufen.

Ich erhob mich langsam, vorsichtig, damit meine Beine nicht vor der eigentlichen Medaillenvergabe schlappmachten.

Die Leute blickten mir hinterher wie Soldaten einem Kameraden, der es aus dem Schützengraben geschafft hatte.

Am Schalter überreichte ich triumphierend mein Formular.

Die Dame lächelte pflichtbewusst – und sagte dann die Worte, die noch heute in meinem Gedächtnis nachhallen:

„Da fehlt leider die Kopie vom Mietvertrag. Bitte bringen Sie die nach.

Dann ziehen Sie sich eine neue Nummer.“

Ich weinte nicht.

Ich zuckte nicht.

Ich verbeugte mich innerlich vor meinen Wartesaalkollegen und marschierte still wieder hinaus.

Ein Olympiasieger weiß, wann seine Zeit gekommen ist.

"Wer sein Formular liebt, der kopiert es. Dreifach. Und laminiert es zur Sicherheit."

„Drei Kopien bitte – und jede beglaubigt"

Drei Kopien bitte – und jede beglaubigt

Manchmal frage ich mich, ob deutsche Behörden nachts heimlich Wettbewerbe veranstalten:
Wer schafft es, für das kleinste Anliegen die größte Papierlawine zu erzeugen?

Ich wurde unfreiwillig Teilnehmer dieser Olympiade, als ich mich entschloss, einen neuen Reisepass zu beantragen.
Schließlich wollte ich ja nicht im nächsten Urlaub an der Grenze stehen wie ein Flüchtling aus der Welt der abgelaufenen Dokumente.

Ich informierte mich vorab auf der Homepage des Bürgeramtes.
Dort stand in beruhigend freundlichen Worten:
„Bitte bringen Sie Ihren alten Pass, ein biometrisches Passfoto und Ihren Personalausweis mit."

Was sollte da schiefgehen?
Ich fühlte mich gerüstet wie ein Ritter vor dem Turnier.

Im Amt angekommen – natürlich erst nach dem Ziehen der obligatorischen Nummer und einer kurzen Wartezeit von nur drei gelebten Lebensjahren – nahm mich Frau Bieder an ihrem Schalter in Empfang.
Frau Bieder trug eine Brille, die so dick war, dass man dahinter vermutlich Wellenbewegungen im Raum sehen konnte.

Sie betrachtete mein sorgsam zusammengestelltes Dossier, blätterte darin wie ein Historiker auf der Suche nach archäologischen Fehlstellen – und runzelte schließlich die Stirn.
Ein schlechtes Zeichen.
Bei Beamten ist das Stirnrunzeln gleichbedeutend mit einem unausweichlichen Weltuntergang.

„Haben Sie drei Kopien Ihres Personalausweises dabei?" fragte sie.
„Äh... nein? Das stand nicht auf der Homepage."
„Das müssen Sie aber wissen!" sagte sie, als hätte ich mich eigenhändig um die Verfassung betrogen.

Ich bot an, schnell zur nächsten Kopierstation zu rennen.
Doch Frau Bieder schüttelte den Kopf, die Brille leicht gefährlich schaukelnd:
„Nur beglaubigte Kopien werden akzeptiert. Und das macht – natürlich – unsere Hausinternabteilung.
Zimmer 17.

Mit Nummernvergabe. Im anderen Gebäude."
Sie lächelte.
Das erste Mal.
Ein Lächeln, so frostig, dass in meiner Tasche die
Butterbrote gefroren.

Also zog ich los.
Zimmer 17 war ein kahler Raum mit einer Ausstattung
wie aus einem Schwarzweißfilm:
Ein Kopierer, ein Stempel und eine Dame, die aussah,
als wäre sie irgendwann 1978 für diesen Job eingesetzt
worden und seither in einen Dornröschenschlaf gefallen.

Sie nahm meinen Ausweis, kopierte ihn dreimal mit der
Geschwindigkeit einer Gletscherschmelze – und begann
dann, jede Kopie mit einer Zeremonie zu stempeln, die
mich spontan an katholische Hochämter erinnerte.

Stampf.
Dreh.
Unterschreib.
Pust.
Weiter.

Nach zehn Minuten hielt ich drei beglaubigte Kopien in
der Hand und durfte zurück zu Frau Bieder.

Zurück am Schalter überreichte ich triumphierend mein Papierbündel.

„Haben Sie auch eine Kopie Ihres alten Reisepasses?" fragte sie.

Ich starrte sie an.
Mein rechter Zeigefinger zuckte bereits gefährlich in Richtung der Kopierstation.

„Auch beglaubigt", fügte sie hinzu.

Ich weiß nicht mehr genau, wie ich später aus dem Gebäude kam.
Vielleicht auf allen Vieren.
Vielleicht getragen von Schutzengeln.
Wahrscheinlich einfach rückwärts aus der Tür geweht
– zusammen mit einem Stapel Formulare und den letzten Überresten meines Glaubens an eine effiziente Verwaltung.

Heute hängt mein neuer Reisepass an der Wand.
Unbenutzt.
Als Mahnmal.
Daneben ein Schild:
„Drei Kopien, bitte – und jede ein kleiner Schritt für die Menschheit."

"Manche Anträge leben länger als ihre Antragsteller."

„Aktenzeichen XY ungelöst – Mein Rentenantrag"

Aktenzeichen XY ungelöst – Mein Rentenantrag

Es gibt Abenteuer im Leben, auf die kann man sich
vorbereiten:
Eine Weltreise.
Ein Fallschirmsprung.
Den Besuch bei der Schwiegermutter.

Aber nichts – **nichts** – bereitet einen auf die
Beantragung der eigenen Rente vor.

Es begann ganz harmlos.
Ich hatte pflichtbewusst 45 Jahre gearbeitet, Steuern
gezahlt, Sozialversicherungsbeiträge entrichtet und – so
dachte ich – alle Voraussetzungen erfüllt, um mich eines
Tages würdevoll in die Riege der staatlich anerkannten
Dauersesselbesetzer einzureihen.

Also stellte ich sechs Monate vor meinem 66. Geburtstag
meinen Rentenantrag.
Online, wie es auf der Website der Rentenversicherung
hieß:
„Schnell, einfach und bequem."

Schnell war der Klick auf „Absenden".
Einfach war der Moment, in dem ich mich fragte, ob ich
jemals eine Antwort bekommen würde.
Bequem war... das Warten.

Drei Wochen später kam ein Brief.

„Wir haben Ihren Antrag erhalten.
Bitte senden Sie folgende Unterlagen nach:
– Ihre Geburtsurkunde (beglaubigt)
– Ihre Heiratsurkunde (beglaubigt)
– Nachweise aller Beschäftigungszeiten seit 1972
– Nachweise über eventuelle Zeiten der
Arbeitslosigkeit
– Schul- und Studienbescheinigungen
– Nachweis über geleisteten Wehrdienst
– Aktuelle Meldebescheinigung
– Eventuelle Nachweise über Kindererziehung
– Bescheinigung über Ihre Kirchenzugehörigkeit seit
Geburt"

Ich war beeindruckt.
Offenbar plante die Rentenversicherung, aus meinen
Unterlagen einen Netflix-Mehrteiler zu produzieren.

Pflichtbewusst sammelte ich alles zusammen.
Es dauerte nur schlappe fünf Wochen, vier Amtsgänge,
drei Kopiermarathons und eine Reise ins Heimatarchiv

meines Geburtsortes (Bevölkerungszahl 312, davon 299 Verwandte).

Endlich – der stolze Moment:
Ich schickte das Konvolut per Einschreiben zurück.

Dann begann das große Warten.

Nach weiteren sechs Wochen erhielt ich – **nichts**.
Keine Antwort.
Kein Bescheid.
Kein Rauchzeichen.

Ich rief an.
Warteschleife.
Eine freundliche Computerstimme flötete:
„Alle Mitarbeiter sind im Gespräch. Ihre voraussichtliche Wartezeit beträgt: 48 Minuten."

Als endlich ein echter Mensch die Leitung übernahm, erklärte er mir:

„Ihr Antrag befindet sich derzeit in der Sachbearbeitung.
Moment... ich sehe hier einen Vermerk:
‚Aktenstück unauffindbar, Vorgang ruht.'"

Ich fragte entgeistert:
„Wie – ruht?"
„Na ja", sagte der Mann gelassen, „vielleicht ist der
Antrag beim Einscannen irgendwo zwischen Lagerregal
B und der Kaffeemaschine verschwunden."

Ich stellte mir vor, wie mein Rentenantrag einsam in
einem düsteren Keller lag, überzogen von einer Patina
aus Staub und Bürokaffee, und leise vor sich hin weinte.

Man versprach mir eine intensive Nachforschung.

Zwei Wochen später kam erneut Post:
**„Ihr Antrag konnte leider nicht wiedergefunden
werden.**
**Bitte reichen Sie die vollständigen Unterlagen erneut
ein."**

Ich lachte.
Laut.
So laut, dass mein Nachbar später fragte, ob ich eine
Tupperparty gefeiert hätte.

Schließlich, nach exakt **274 Tagen** zwischen Hoffnung,
Verzweiflung und innerer Kündigung meines
Optimismus', erhielt ich den Bescheid:

„Wir freuen uns, Ihnen mitteilen zu können, dass
Ihrem Rentenantrag stattgegeben wurde.
Der erste Rentenbetrag wird rückwirkend zum
Antragsdatum ausgezahlt."

Darunter in kleiner Schrift:
„Bitte beachten Sie: Für die rückwirkende Auszahlung
benötigen wir noch Ihre vollständige Bankverbindung
sowie eine beglaubigte Bestätigung Ihrer
Kontonummer."

Ich weiß jetzt:
Die Rente ist sicher.
Nur der Weg dorthin führt über mehr Abenteuer als
die Besiedlung des Mars.
Aber wenigstens bekommt man am Ende einen
monatlichen Trostpreis dafür, dass man
denBehördenmarathon überlebt hat.

"Am Ende jedes Ganges wartet ein
neuer Schalter. Und dahinter –
ein neues Formular."

„Das Bürgerbüro – Albtraum in Beige"

Das Bürgerbüro – Albtraum in Beige

Wenn Dante heute seine „Göttliche Komödie" schreiben würde, er müsste für das Fegefeuer kein flammendes Inferno mehr ersinnen.
Ein Besuch im Bürgerbüro reicht völlig.

Schon beim Betreten des Gebäudes empfing mich die farbliche Grundstimmung, die ich später als „Beige auf Beige mit einem Hauch Hoffnungslosigkeit" beschreiben würde.

Wände: Beige.
Stühle: Beige.
Boden: Eine kreative Mischung aus Beige und abgestandenem Kaffee.

Selbst die Formulare lagen auf beigen Theken, in beigen Kunststoffkörbchen, bewacht von Beamten in Jacken, die selbst beim Licht einer Sonnenfinsternis noch beige gewirkt hätten.

Ich trat an den Empfang.
Hinter einer Glasscheibe, dick wie eine Aquariumwand,
saß eine Dame, die offenbar den Zen-Zustand
vollkommener Regungslosigkeit erreicht hatte.

Nach etwa 45 Sekunden regte sich ihr Zeigefinger.
Sie wies auf ein Aufrufsystem:
„Bitte Nummer ziehen."

Ich zog also brav meine Nummer – C-148 – und ließ
mich auf einen der beigen Stühle sinken, die das
ergonomische Profil von Betonpflastersteinen hatten.

Vor mir spielte sich das klassische Schauspiel ab:
Ein kleiner Junge lutschte geräuschvoll an einem
Lollipop, während seine Mutter hektisch Formulare
ausfüllte.
Ein älterer Herr blätterte durch eine Sammlung
abgelaufener Fernsehzeitschriften aus der Steinzeit.
Ein Teenager versuchte vergeblich, sein Handy an einer
Steckdose zu laden, die vermutlich schon seit Helmut
Kohl defekt war.

Über allem lag ein gedämpftes Murmeln, unterbrochen
vom gelegentlichen Aufruf:
„Jetzt bitte Nummer C-139 an Schalter 4."

Ich fragte mich, ob Zeit hier in beigen Schichten verging.

Nach anderthalb Stunden näherte ich mich tatsächlich meinem Aufruf.

Schalter 7.
Dort saß Herr Trautschke.
Sein Gesichtsausdruck vermittelte den Eindruck, als würde er innerlich jeden einzelnen Formularinhalt hassen – persönlich.

Ich schilderte mein Anliegen: Ummeldung einer Nebenwohnung.

Herr Trautschke nickte langsam.
Sehr langsam.
Wenn er noch langsamer genickt hätte, wäre sein Kopf rückwärts vom Stuhl gefallen.

Er tippte in die Tastatur.
Ich konnte jedes einzelne Klack hören, als würde er eine Liebeserklärung an einen besonders störrischen Drucker schreiben.

Nach etwa sieben Minuten öffnete sich seine Miene ein wenig.
„Haben Sie das Formular 7b2 und die Einwilligungserklärung zur Datenspeicherung ausgefüllt?"
Ich nickte.
Triumphierend.
Endlich hatte ich mal die richtigen Formulare!

Er nahm sie, sah sie an – und stutzte.
Ein leises, böses Stutzen, wie ein Wolf, der Witterung
aufgenommen hat.

„Sie haben die Kästchen 4b und 7g nicht angekreuzt."
„Die waren doch gar nicht relevant für mich!"
„Das entscheiden wir."

Er schob mir die Formulare zurück, zusammen mit
einem neuen Formular:
**„Bitte nehmen Sie das, kreuzen Sie alles an,
unterschreiben Sie hier, hier und hier, und dann
ziehen Sie eine neue Nummer."**

Ich verließ das Bürgerbüro wieder.
Mit hängenden Schultern.
In beigem Licht.

Mein letzter Gedanke:
**Vielleicht werde ich einfach Nomade.
Wer keine Adresse hat, braucht sich auch nicht
umzumelden.**

"Zeit ist relativ. Besonders zwischen Ziehung der Wartemarke und Aufruf der Nummer."

„Die Jagd nach Zimmer 3.24"

Die Jagd nach Zimmer 3.24

Es begann als Routinebesuch.
Nur ein kleiner Gang zur Sachbearbeitung.
Kein großes Anliegen, keine Revolution, keine
Ansprüche auf Staatsmacht – nur die schlichte Bitte,
eine Adressänderung durchzugeben.

„Bitte melden Sie sich in Zimmer 3.24," sagte die Dame
am Empfang und überreichte mir ein
Wegeleitsystem-Plan.
Auf dem Plan war 3.24 deutlich eingezeichnet:
Dritter Stock, rechter Flügel, zwischen Zimmer 3.22
(„Friedhofswesen") und 3.26
(„Hundesteuerangelegenheiten").

Klar.
Kein Problem.
Dachte ich.

Ich stieg die endlosen Stufen in den dritten Stock hinauf
(der Aufzug war selbstverständlich außer Betrieb, mit
einem Schild: **„Wegen Reparaturarbeiten**

voraussichtlich bis 2027 gesperrt") –
und stand keuchend vor einem endlos scheinenden Flur.

Ich passierte Zimmer 3.20 (Fundbüro).
Zimmer 3.22 (Friedhofswesen).
Dann... ein Besenschrank.

Kein 3.24.

Verwirrt ging ich weiter.

Zimmer 3.26 (Hundesteuer) tauchte auf, samt einem
riesigen ausgestopften Labrador im Eingangsbereich,
der offenbar der Stolz der Abteilung war.
Daneben ein Getränkeautomat, der nur heiße Luft
ausspuckte.

Aber: kein 3.24.

Ich fragte einen vorbeihastenden Mitarbeiter, der mit
einem Stapel Akten balancierte.
„Zimmer 3.24? Ach, das... das müsste irgendwo...
vielleicht hinten links... oder oben... oder unten?"

Er lächelte fahrig und verschwand, als hätte ich ihn
nach dem Heiligen Gral gefragt.

Ich beschloss, systematisch vorzugehen.

Ich klopfte an alle Türen zwischen 3.22 und 3.26.

Hinter 3.23: eine verlassene Teeküche mit einem
Wasserspender von 1983.

Hinter 3.25: ein Lagerraum mit Aktenbergen, die
vermutlich noch Kaiser Wilhelm unterschrieben hatte.

Und hinter dem Besenschrank... nun ja... ein Besen.

Plötzlich entdeckte ich am Ende des Flurs eine Tür ohne
Nummer.
Mein Herz klopfte.
Vielleicht war das 3.24, das mythische Zimmer?

Ich klopfte.

Es öffnete eine Dame im Pensionsalter, die mich
misstrauisch musterte.

„Bürgeramt?" fragte ich hoffnungsvoll.
„Sie sind bei der Volkshochschule. Hier ist gerade
Autogenes Training für Anfänger."

Ich irrte weiter.
Immer wieder begegnete ich anderen Suchenden:

- Eine Dame mit Aktenordnern, die flüsterte: „Ich suche 3.24 seit der Anmeldung meines Sohnes. Er ist inzwischen im Zivildienst."

- Ein älterer Herr, der aussah, als hätte er auf der Flucht vor Zimmer 3.24 bereits mehrere Jahreszeiten durchlebt.

- Ein junger Mann, der verzweifelt in sein Handy rief: „Ich bin nicht verschollen! Ich suche nur 3.24!"

Nach einer guten Stunde fand ich endlich eine Reinigungsfrau, die mir verschwörerisch zuflüsterte: „Zimmer 3.24? Das war früher mal die Hausmeisterwohnung.
Heute lagern sie da alte Wahlurnen."

„Kann ich da rein?" fragte ich.
Sie lachte herzlich.
„Nur mit Sondergenehmigung vom Archivamt. Und das ist... Zimmer 4.17.
Aber Achtung: Das Archivamt macht donnerstags um 12 Uhr zu."
Es war Donnerstag.
11:57 Uhr.

Ich spurtete los, nahm zwei Treppen auf einmal,
hechtete durch Flure, die rochen wie eine Mischung aus
feuchtem Filz und verlorenen Seelen – und erreichte
Zimmer 4.17.

Tür zu.

Schild:
**„Heute geschlossen wegen Fortbildung: ‚Effiziente
Aktenverwaltung leicht gemacht'."**

Ich kehrte zurück in den dritten Stock, wo mich der alte
Herr vom Anfang wiedertraf.
Er nickte mir zu.
„Na, auch auf der Suche? Willkommen im Club."
Er hielt mir seine Thermoskanne hin.
„Tee?"

Ich nahm dankbar an.
Wir saßen schweigend auf dem Fußboden vor dem
Besenschrank.

Zwei verlorene Wanderer im Labyrinth deutscher
Verwaltung.

**Bis heute weiß ich nicht, ob Zimmer 3.24 jemals
existierte.
Vielleicht ist es nur ein Symbol.**

Für Hoffnung.
Für Verzweiflung.
Für die Erkenntnis, dass wahre Erfüllung nicht im Finden, sondern im Suchen liegt.

"Bitte füllen Sie das Online-Formular
aus – wir drucken es dann aus."

„Digitalisierung? Ja, aber nur auf Papier."

Digitalisierung? Ja, aber nur auf Papier.

Es war ein Freitagmorgen, als ich beschloss, endlich modern zu werden.
Schluss mit dem Herumgeschleppe von Papierbergen, Schluss mit Bittgängen auf knarzenden Behördenfluren!
Denn auf der Webseite meiner Stadt prangte in großen, optimistischen Lettern:
„Jetzt NEU: Online-Service für Bürger! Einfach. Schnell. Digital."

Ich war begeistert.
Digital!
Einfach!
Schnell!
Drei Worte, die in Deutschland ungefähr so glaubwürdig wirken wie „kalorienfreier Schokokuchen".

Mein erster Versuch: Antrag auf Führungszeugnis.
Ich klickte auf **„Antrag stellen"**.
Ein neuer Bildschirm öffnete sich.
Dann ein Hinweis:

„Bitte laden Sie das Antragsformular herunter, drucken Sie es aus und senden Sie es unterschrieben per Post ein."

Ich starrte auf den Monitor.
Es fühlte sich an, als hätte mir jemand ein veganes Schnitzel verkauft und danach gesagt: „Aber das Schwein mussten wir trotzdem schlachten."

Unbeeindruckt wagte ich einen zweiten Versuch: Ummeldung meines Wohnsitzes.
Immerhin – diesmal gab es ein richtiges Online-Formular!
Ich füllte sorgfältig jede Zeile aus, hakte jedes Kästchen an, lud ein sorgfältig geschossenes Foto meines Mietvertrags hoch und klickte triumphierend auf „Absenden".

Erfolgsmeldung?
Weit gefehlt.

Stattdessen erschien folgender Hinweis:

„Vielen Dank. Ihr Antrag wird bearbeitet.
Bitte erscheinen Sie innerhalb von 7 Werktagen persönlich im Bürgerbüro und bringen Sie folgende Unterlagen mit:
– Ausdruck dieses Formulars
– Ausdruck Ihrer hochgeladenen Dateien

– Originalunterlagen zur Einsicht
– Ihre Terminbestätigung (bitte separat beantragen)."

Ich atmete tief durch.
Vielleicht, dachte ich, handelt es sich hier nur um eine Übergangsphase.
Also klickte ich auf „**Termin buchen**".

Das Buchungssystem öffnete sich – und meldete:

„**Leider sind derzeit keine freien Termine verfügbar.
Bitte versuchen Sie es in 6–8 Wochen erneut.**"

Ich erinnerte mich an meine Großmutter, die mir einmal sagte:
„Früher, mein Junge, gingen wir ins Rathaus, stellten uns an, füllten etwas aus und bekamen das, was wir wollten.
Es war schrecklich."

Und plötzlich wusste ich:
**Es geht immer noch schrecklicher.
Man kann es auch digital machen.**

Ein letzter Versuch: eine Meldebescheinigung.

Hier durfte man sogar zwischen zwei innovativen
Varianten wählen:

- **Variante A:** Online-Antrag stellen, Bestätigung
  per Fax erhalten.

- **Variante B:** E-Mail schreiben, Antwort per
  Briefpost abwarten.

Ich überlegte kurz, ob ich stattdessen vielleicht eine
Brieftaube dressieren sollte.

Am Ende landete ich, wie so oft, persönlich im
Bürgerbüro.
Mit einem ausgedruckten Online-Antrag, einer
beglaubigten Kopie meines Ausdrucks und einer
Bestätigung, dass ich den Ausdruck tatsächlich
eigenhändig ausgedruckt hatte.

Die Dame am Schalter, Typ „Endgegner auf Level 99",
lächelte gequält:
„Wir arbeiten dran, bald wird alles ganz digital."

Ich fragte, wann genau.
Sie zuckte mit den Schultern.

„Wenn Faxgeräte als Kulturerbe anerkannt sind,
vielleicht."

Heute habe ich ein neues Motto:
„Digitalisierung in Deutschland: Fortschritt auf Leergang."

Und ich denke ernsthaft darüber nach, mein nächstes Formular direkt auf einer Steintafel einzureichen.
Ist halt nachhaltiger.

"Im Bürgeramt gibt es zwei
Geschwindigkeiten: langsam und
Rückwärts."

„Der Parkplatz der verlorenen Seelen"

Der Parkplatz der verlorenen Seelen

Wer glaubt, der eigentliche Behördenmarathon beginne erst im Amt, der hat noch nie versucht, einen Parkplatz davor zu finden.

An einem grauen Dienstagmorgen fuhr ich frohen Mutes zum Bürgeramt.
Naiv.
Blauäugig.
Unwissend.

Schon bei der Einfahrt auf den Parkplatz schwante mir Böses:
Zehn Autos mehr als Stellplätze.
Kleine, verzweifelte Pkws, die wie Ertrinkende um die letzten freien Zentimeter kreisten.

Ein Schild klärte mich auf:
„Parkzeit maximal 30 Minuten. Keine Haftung bei Verlust, Beschädigung oder seelischem Zusammenbruch."

Ich begann die erste Runde.

Langsam, höflich, freundlich – wie man es bei
Parkplatzpiraterie eben versucht.
Ich lächelte freundlich in alle Richtungen.
Keine Reaktion.
Alle waren in Habachtstellung: Gas geben, wenn
irgendwo auch nur ein Scheibenwischer zuckte.

Runde zwei.

Ein silberner Kombi fuhr aus einer Parklücke.
Ich blinkte, beschleunigte leicht – da schoss aus dem
Nichts ein Fiat Panda zwischen uns und landete wie ein
schlecht gelaunter Greifvogel auf der Lücke.

Der Fahrer, Typ „Kampf-Erzieher", stieg nicht einmal
aus.
Er grinste nur, hob die Kaffeetasse in meine Richtung
und ließ seine Hupe einmal zärtlich hupen.

Ich atmete tief durch.
Gelassenheit ist der Schlüssel.
Sagten sie beim VHS-Kurs „Stressmanagement für
Hochrisikogebiete".

Runde drei.

Ich entdeckte einen alten Opel, der verdächtig ruckelte.
Jemand würde hier gleich rausfahren!

Ich lauerte wie ein Krokodil am Flussufer.
Motor an.
Blinker gesetzt.
Bereit zur Attacke.

Der Fahrer drehte den Zündschlüssel – und schlief dann
offenbar sofort wieder ein.

Zehn Minuten später stand ich immer noch da.
Wachsam.
Verzweifelt.
Unterzuckert.

Dann der große Moment:
Ein mittelalterlicher Hyundai verließ die Parkbucht
zwei Reihen weiter!

Ich gab Gas, wendete im Stil einer europäischen
Raumfahrtbehörde – und übersah dabei, dass jemand
aus der Gegenrichtung direkt auf die Lücke zu steuerte.

Es kam zu einem Duell.

Ein Blickduell.
Ein Wettblinken.
Ein Wettbewerb im stummen Bedrohen.

Der andere Fahrer – eine Dame mit Sonnenbrille und
der Energie eines Atomkraftwerks – gewann.
Mit einem eleganten Schwung parkte sie ein.
Ich blieb zurück, als wäre ich ein schlecht gelauntes
Verkehrshütchen.

Nach vier weiteren Runden, einer philosophischen
Grundsatzkrise und einem fast spirituellen Erlebnis
(Stichwort: völlige Aufgabe des irdischen Egos)
entdeckte ich einen halblegalen Platz auf einem
Seitenstreifen.

Ein halbes Rad stand auf dem Gehweg.
Ein halbes Rad in einer Pfütze.
Ein halbes Rad im Bereich „Feuerwehrzufahrt – Halten
verboten".

Ich stieg aus, schloss mein Auto ab und lief so schnell
ins Bürgeramt, wie es meine Würde noch erlaubte.

Als ich zwei Stunden später wiederkam, zierte meine
Windschutzscheibe ein Zettel:
„Ordnungswidrigkeit – 55 €"

Darunter handschriftlich ergänzt:
„**Und schöne Grüße vom Ordnungsamt.**"

Heute weiß ich:
Bei deutschen Behörden muss man nicht nur
Formulare einreichen,
man muss auch seine Parkmoral am Eingang abgeben.

Wer überlebt, darf einziehen –
und wer nicht, wird wenigstens mit einem Knöllchen
gewürdigt.

"Bürokratie: Der einzige Dschungel, in dem man sich ohne Machete, aber mit einem Kugelschreiber durchschlagen muss."

„Die Warteschlange der Untoten"

Die Warteschlange der Untoten

Es gibt zwei Dinge, die unausweichlich sind:
– Der Tod.
– Und das Warten auf einer Behörde.

Manche behaupten, die Warteschlange sei eine
Erfindung des 20. Jahrhunderts.
Ich jedoch bin überzeugt, sie existiert schon seit der
Steinzeit, als der erste Höhlenmensch brav anstand, um
sich eine Feuerlizenz zu holen.

Mein eigener Eintritt in die legendäre Warteschlange
begann an einem grauen Donnerstagmorgen.
Ich betrat das Einwohnermeldeamt, und dort war sie:
Die Schlange.

Ein Wesen ohne Anfang und ohne Ende.
Eine lose Kette von Menschengestalten, die so langsam
schritten, dass Pflanzenwurzeln schneller wuchsen.

Am Ende dieser Prozession, irgendwo in nebulöser
Ferne, lag Schalter 4 – das sagenumwobene Ziel aller
Suchenden.

Ich reihte mich ein.

Vor mir: ein älterer Herr, der sich auf seinen Rollator stützte und leise „Wind of Change" pfiff.
Hinter mir: eine Frau mit drei quengelnden Kindern und der Ausstrahlung einer Vulkanexplosion in der Anlaufphase.

Wir warteten.

Stadium 1: Hoffnung.
Man schielt nach vorne und denkt: „Das geht schneller, als gedacht!"

Stadium 2: Ernüchterung.
Man erkennt, dass es sich vorne um eine Familie handelt, die gleich sechs verschiedene Anträge stellen möchte, inklusive Namensänderung des Hundes.

Stadium 3: Erstarrung.
Man bewegt sich nicht mehr, um Energie zu sparen. Ein Summen breitet sich aus – das Summen der aufsteigenden Verzweiflung.

Stadium 4: Transformation.
Die Menschen in der Schlange verwandeln sich langsam in die **Untoten des Amtslebens**.

Sie schlurfen.
Sie murmeln.
Manchmal stöhnen sie leise: „Nächster bitte..."

Eine Stunde später hatte ich exakt 2,5 Meter Strecke
gemacht.
Ich hatte neue Freunde gefunden:

- Den Mann mit der Thermoskanne (schwarzer
  Kaffee, extra bitter).

- Die Dame, die bereits dreimal das Formular 3B
  neu ausfüllen musste, weil sie das Datum in
  falscher Reihenfolge geschrieben hatte.

- Und Herrn Poppelmann, der mir erzählte, dass
  er 1987 einmal durch einen besonders langen
  Behördengang einen Bandscheibenvorfall
  erlitten hatte.

Ein weiterer Aufruf ertönte:
„Jetzt bitte Nummer 86 an Schalter 3."

Wir waren bei Nummer 59.

Ein Mann vor mir begann leise zu summen.
Eine Frau hinter mir hatte sich auf ihren Aktenordner

gesetzt und stickte ein Monogramm auf ihre
Warteunterlagen.
Ein kleiner Junge lief auf und ab und übte Sätze wie:
„Mama, ich will heim, BEVOR ich 18 werde!"

Als ich endlich – endlich! – fast am Ziel war, stand da
ein Schild:

**„Schalter 4 heute wegen Schulung geschlossen. Bitte
wenden Sie sich an Schalter 7."**

Schalter 7?
Schalter 7 lag... im Nachbargebäude.
Zwei Flure weiter.
Hinter der Baustelle.
An der defekten Tür.

Ich verließ meinen Platz.
Torkelnd.
Mit leerem Blick.
Im inneren Monolog ein einziger Gedanke:
**"Wenn ich jemals hier rauskomme, schreibe ich ein
Buch darüber."**

Heute, wenn ich an Warteschlangen denke, überkommt
mich eine seltsame Nostalgie.

Ich denke an meine Mitstreiter.
An unsere kleinen Siege („Nur noch acht Leute vor
uns!") und unsere bitteren Niederlagen („Frau Schröder
ist zusammengebrochen, sie musste raus.").

Manchmal höre ich noch das leise Murmeln der
Wartenden in meinen Träumen:
„Nächster bitte... Nächster bitte... Nächster bitte..."

Warteschlangen sind der Beweis:
Der Mensch kann geduldig sein.
Bis er merkt, dass er eigentlich schon hätte tot sein
können.

"Der kürzeste Weg zwischen zwei Amtsgängen ist eine neue Bestätigung."

„Bitte wählen Sie: 1 für Fragen, 2 für Verzweiflung"

Bitte wählen Sie: 1 für Fragen, 2 für Verzweiflung

Manchmal denkt man naiv:
„Ach, ich rufe einfach schnell bei der Behörde an.
Eine kurze Frage, eine klare Antwort, fünf Minuten –
fertig."

Das, meine Freunde, ist etwa so realistisch wie der
Glaube, man könne einen Flugsaurier als Haustier
halten.

Mein Abenteuer begann mit einem harmlosen Anliegen:
Ich wollte wissen, ob mein neuer Personalausweis
bereits abholbereit sei.

Mutig griff ich zum Telefon und wählte die Nummer
des Bürgeramtes.
Ein zartes Summen, ein Klicken – und dann erklang die
Stimme der Hölle:

**„Willkommen beim Bürgertelefon.
Bitte beachten Sie, dass Ihr Anruf zu
Schulungszwecken aufgezeichnet werden könnte,
aber ganz sicher nicht bearbeitet wird."**

(Okay, letzteres sagte sie nicht , aber man spürte es.)

„Bitte wählen Sie:
Drücken Sie 1 für allgemeine Fragen.
Drücken Sie 2 für spezielle Fragen.
Drücken Sie 3, wenn Sie nicht mehr wissen, warum
Sie anrufen."

Ich drückte die 1.
Sicherheitshalber.

Neues Menü:
„Drücken Sie 1, wenn Sie Fragen zur Ausstellung
eines Personalausweises haben.
Drücken Sie 2, wenn Sie Ihren Personalausweis
verloren haben.
Drücken Sie 3, wenn Sie an der Existenz Ihres
Personalausweises zweifeln."

Ich drückte die 1.
Ganz sicher diesmal.

Warteschleife.

Musik: Ein meditatives Geklimper, vermutlich komponiert von jemandem, der 30 Jahre in einer Telefonzentrale eingesperrt war.

Eine freundliche Automatenstimme meldete sich:
„Alle Mitarbeitenden sind momentan im Gespräch. Bitte haben Sie etwas Geduld. Oder viel."

Nach exakt 17 Minuten und 34 Sekunden hob endlich ein Mensch ab.

„Guten Tag, Bürgerbüro, mein Name ist Schulze."
Seine Stimme klang wie ein nasser Schwamm.

Ich erklärte mein Anliegen:
„Guten Tag, ich wollte nur kurz fragen, ob mein neuer Personalausweis abholbereit ist."

Kurze Stille.
Dann die Antwort:
„Das können wir Ihnen telefonisch nicht sagen. Datenschutz."

Ich schluckte.
„Aber ich habe doch meine Nummer, meinen Namen, mein Geburtsdatum, meine Schuhgröße – alles!"
„Trotzdem. Persönliches Erscheinen erforderlich."
Pause.
„Mit Termin."

„Und wie bekomme ich den Termin?"
fragte ich, bereits im vollen Nirwana der Resignation
angelangt.

Er räusperte sich.
„Online über unser Terminvergabesystem."

Ich lachte kurz.
Hysterisch.
Dann fragte ich mutig:
„Und wenn ich dort keinen Termin bekomme?"

„Dann…" – wieder diese Kunstpause, die nur Beamte
perfekt beherrschen –
„…versuchen Sie es morgen nochmal."

Ich bedankte mich artig und legte auf.

Nach 37 Minuten Telefonat wusste ich:

- dass ich nichts wusste,

- dass mein Ausweis existieren könnte oder auch
  nicht,

- und dass ich mein Leben künftig lieber ohne
  Identität führen werde.

Heute steht mein Telefon auf einem kleinen Podest in meinem Wohnzimmer.
Darunter ein Schild:
„Hier wurde ein Traum von Service begraben.“

Und wenn ich mal wieder daran denke, eine Hotline anzurufen, drücke ich zur Sicherheit einfach gleich die Taste 3:
„Wenn Sie nicht mehr wissen, warum Sie anrufen.“

"Die größten Abenteuer beginnen mit den Worten: 'Da fehlt noch ein Formular.'"

„Der Ausweis, der vom Winde verweht wurde"

Der Ausweis, der vom Winde verweht wurde

Es gibt Dinge, die verliert man aus reiner Zerstreutheit: Hausschlüssel, Einkaufszettel, den Faden in Gesprächen mit der Schwiegermutter.

Und dann gibt es Verluste, die eine Eigendynamik entwickeln wie Naturkatastrophen.
So geschah es mit meinem Personalausweis.

Es war ein windiger Vormittag, als ich nach einem Behördengang – ironischerweise zur Abholung eben jenes nagelneuen Ausweises – beschwingt das Bürgeramt verließ.
Ich steckte das gute Stück lässig in die äußere Tasche meiner Jacke.
Denn, Hand aufs Herz: **Wer würde denn einen funkelnagelneuen Personalausweis einfach so verlieren?**

Antwort: Ich.

Ein kräftiger Windstoß fegte durch die Fußgängerzone.
In meinem Rücken hörte ich ein Rascheln, dann ein
leises, fast höhnisches „flappflapp".

Ich drehte mich um und sah ihn:
Meinen Ausweis, wie er, stolz aufgebläht, über die
Straße tanzte,
als wolle er endlich frei sein, unabhängig, ein
selbstbestimmtes Dokument ohne Anhang.

Ich setzte zur Verfolgung an.

Man hätte es filmen können:
Ein Mittsechziger, mit der Grazie eines angeschossenen
Flamingos, jagt einem laminierten Rechteck hinterher.
Über Bordsteine.
Zwischen Kinderwagen und Fahrradkurieren hindurch.

Mein Ausweis tänzelte, hob ab, landete sanft auf einer
Motorhaube, nur um im nächsten Moment vom
Fahrtwind eines Stadtbusses erfasst zu werden.
Er stieg auf wie ein Papierdrache – und entschwand.

Keuchend, schwitzend, gedemütigt kehrte ich zurück
ins Bürgeramt.
Die Dame am Empfang erkannte mich wieder.
(Was entweder für meine Erscheinung oder ihre
seelische Belastbarkeit sprach.)

„Ich... äh... mein Ausweis... er... weggeflogen...“
keuchte ich.

Sie nickte ohne jegliche Regung.
Offenbar war ich nicht der erste Fall.

Sie überreichte mir ein Formular.

„Verlustanzeige.“

Ich setzte mich, füllte es aus und schrieb bei „Ort des
Verlustes“ ein Wort, das ich bis heute als schönsten
Euphemismus empfinde:
„Windverfrachtung.“

Danach begann der nächste Akt:
Neuantrag.

Und damit verbunden:

- Neue biometrische Fotos (diesmal mit
  erzwungener Neutralität im Gesichtsausdruck –
  was bei der Mischung aus Wut und Scham ein
  echter Kraftakt war),

- erneute Zahlung der Bearbeitungsgebühr,

- erneutes Warten auf einen neuen Termin.

„Ihr neuer Ausweis wird voraussichtlich in sechs Wochen fertig sein," sagte die Dame freundlich, während sie mir einen Zettel in die Hand drückte, auf dem in Großbuchstaben stand:
„Vorläufige Bescheinigung – NICHT als Ausweisersatz geeignet."

Zusammengefasst:

- Mein alter Ausweis war im Dienst des Amtes geboren worden.

- Er hatte sich dann heldenhaft in die Freiheit erhoben.

- Und ich war zurückgelassen worden, um erneut meine Identität zu beantragen.
  Einmal mehr.

Heute blicke ich manchmal wehmütig in den Himmel.
Wenn ich dort ein flatterndes Etwas sehe, frage ich mich:

„Ist das ein Vogel?
Ist das ein Flugzeug?
Oder ist es mein alter Ausweis auf Weltreise?"

"Der Beamtenstatus ist erreicht, wenn man auf die Frage 'Wie lange dauert das?' souverän mit 'Das kommt drauf an' antwortet."

„Der Sachbearbeiterurlaub – Beamtenrecht auf Unauffindbarkeit"

Der Sachbearbeiterurlaub – Beamtenrecht auf Unauffindbarkeit

Es gibt Naturgesetze, die sind so unumstößlich wie die Schwerkraft:
– Wasser fließt bergab.
– Toast landet immer auf der Marmeladenseite.
– Und dein Sachbearbeiter ist IMMER im Urlaub, wenn du ihn brauchst.

Mein persönliches Erlebnis begann mit einem einfachen Vorhaben:
Ich wollte einen Antrag auf Steuerermäßigung für ein Gartenhäuschen stellen.

Nichts Großes.
Kein Weltuntergang.
Nur ein kleiner bürokratischer Liebesdienst an mich selbst.

Ich reichte also meinen Antrag ein, artig, vollständig, brav getackert (natürlich mit dem vorgeschriebenen umweltfreundlichen Einwegheftstreifen).

Drei Wochen später erhielt ich Post vom Amt.
Ein dünner Brief, mit der Schwere eines Totenscheins.

Darin stand:
„Ihr Anliegen wurde zuständigkeitshalber an Herrn Müller, Sachbearbeitung Abteilung 4B, weitergeleitet. Bitte wenden Sie sich für Rückfragen an Herrn Müller."

Also rief ich dort an.

Nach zehn Minuten Warteschleife – musikalisch untermalt von einer panflötenartigen Version von „Atemlos durch die Nacht" – meldete sich eine schnaufende Stimme:

„Bürgerbüro.
Herr Müller ist derzeit nicht erreichbar."

„Wann ist er wieder da?"
fragte ich höflich.

Kurze Pause.
Dann die Antwort:
„Unklar. Er ist im Urlaub."

„Wann ungefähr?"
hakte ich nach.

„Äh... na ja... offiziell bis nächsten Mittwoch.
Aber dann hat er noch zwei Tage Resturlaub.
Und danach... ist er auf einer Fortbildung."

„Und wann wird er dann wirklich erreichbar sein?"
fragte ich, während ich bereits imaginär begann, meine
Steuerklasse zu wechseln.

Die Dame lachte trocken.
„Wenn alles gut läuft, in fünf Wochen.
Vielleicht sechs."

Inzwischen hatte ich genügend Zeit, den Status meines
Antrags online zu verfolgen.
Dort stand:
„Bearbeitung: ruht."

Ich stellte mir vor, wie mein Antrag in einem Liegestuhl
am Amtsstrand lag.
Mit Sonnenbrille.
Vielleicht mit einem kleinen Cocktail.
„Bearbeitung ruht" – ein gelebtes Lebensmotto.

Nach sechs Wochen rief ich erneut an.

Diesmal meldete sich eine andere Stimme, die irgendwie noch langsamer sprach.
„Ach, der Herr Müller... der ist jetzt krankgeschrieben.
Starker Sonnenbrand.
Vom Fortbildungsseminar 'Effektives Liegen in der Verwaltung'."
(Okay, letzteres sagte er nicht wörtlich – aber ich fühlte es.)

Man bot mir an, meinen Antrag einem Vertreter zu übergeben.

„Wer wäre das?" fragte ich.

„Herr Schulz."

„Und wo finde ich Herrn Schulz?"

„Der ist... in Urlaub.
Wegen Überstundenabbau."

Am Ende gab ich auf.
Ich bastelte mir mein Gartenhäuschen ohne Steuerermäßigung, aber mit der Gewissheit, dass wenigstens irgendwo auf dieser Welt – wahrscheinlich auf einer karibischen Insel – Herr Müller die Sonne

genoss.
Während mein Antrag langsam zu einem Fossil der
Verwaltungsmoderne versteinert wurde.

Heute weiß ich:
Sachbearbeiter haben nicht einfach Urlaub.
Sie verschmelzen mit ihm.
Sie sind das personifizierte Recht auf
Nicht-Erreichbarkeit.
Und unsere Anträge?
Sie bleiben brav zurück.
Wie treue Hunde vor der verschlossenen Tür.

"Ein gutes Formular erkennt man daran, dass es sich selbst erklärt. Ein echtes Amtsformular erkennt man daran, dass es dafür einen dreitägigen Lehrgang gibt."

„Beglaubigte Anekdoten"

Beglaubigte Anekdoten

Wenn es in Deutschland eine heilige Handlung gibt,
dann ist es **die Beglaubigung.**

Nichts ist sicher, nichts ist gültig, nichts ist überhaupt
existent,
**solange nicht ein eckiger Stempel auf einem Blatt
Papier prangt, am besten noch mit Unterschrift,
Dienstsiegel und leichtem Kaffeefleck im
Hintergrund.**

Meine erste Begegnung mit diesem Kult fand statt, als
ich eine beglaubigte Kopie meines
Schulabschlusszeugnisses benötigte.
(Spoiler: Ich hatte zu diesem Zeitpunkt längst graue
Haare und eine Leserbrille.)

Ich betrat das Bürgerbüro.
Am Empfang sah mich eine Mitarbeiterin an, die die
Ausstrahlung einer verwitterten Statue hatte.

„Was kann ich für Sie tun?"
fragte sie, wobei ihr Tonfall deutlich machte, dass jede
mögliche Antwort nur Schmerzen bereiten würde.

„Ich brauche eine beglaubigte Kopie meines
Schulzeugnisses."
sagte ich und hielt mein Dokument wie ein Opferlamm
vor mich.

Sie nickte.

Dann:

„Original dabei?"
„Ja, hier!"
„Kopie dabei?"
„Nein..."

Sie seufzte.
Es war kein einfaches Seufzen, sondern ein
dramatisches, opernreifes Seufzen.
Mozart hätte eine Arie daraus komponieren können.

**„Dann müssen Sie das Dokument erst kopieren
lassen."**

„Aber könnte ich das nicht hier...?"
fragte ich zaghaft und deutete auf den gewaltigen

Kopierer hinter ihr, der aussah, als könnte er nebenbei noch Marsmissionen betreuen.

Sie schüttelte bedauernd den Kopf:
„Das Kopieren ist Bürgern nicht gestattet. Datenschutz."

Ich trottete zum nächsten Copyshop.
Zehn Minuten später, zehn Euro ärmer und fünf Jahre älter kehrte ich zurück – mit einer strahlend weißen Kopie.

Nun begann der zweite Akt.

Sie nahm das Original,
verglich es Zeile für Zeile mit der Kopie.
Dann stempelte sie die Kopie mit einer Kraft, die mich an mittelalterliche Goldschmiede erinnerte.

WUMMS.

Ein Geräusch, so endgültig, dass vermutlich in diesem Moment irgendwo auf der Welt ein Engel seine Flügel verlor.

Dann kam der wichtigste Teil:
Der Dienstvermerk.
In kunstvoller Handschrift kritzelte sie folgende Worte
auf das Dokument:
**„Hiermit wird beglaubigt, dass die vorstehende Kopie
mit dem Original übereinstimmt."**

Darunter: Stempel Nummer zwei.
Ein zweiter „WUMMS", der leicht die Deckenplatten
zittern ließ.

Und schließlich: Unterschrift mit Dienstgrad.
(Der Dienstgrad bestand offenbar aus einer kunstvollen
Abkürzung, die ich als „OSiBüKr" entzifferte:
Ober-Sachbearbeiterin Bürgerangelegenheiten
Kreisverwaltung.)

Nach dieser Zeremonie reichte sie mir die Kopie zurück,
als würde sie ein Relikt aus dem Fund ägyptischer
Ausgrabungen übergeben.
Ich wagte kaum, das Papier anzufassen.

Kurz bevor ich ging, wagte ich eine letzte Frage:
„Entschuldigen Sie... warum geht das eigentlich alles
nicht digital?"

Sie lächelte ein Lächeln, das alle Hoffnung aus dem
Raum saugte.

„Digitale Beglaubigungen?
So weit sind wir noch nicht.
Vielleicht... nach der nächsten Eiszeit."

Seitdem weiß ich:
In Deutschland sind Dokumente nur dann lebendig,
wenn sie mindestens zweimal gestempelt, einmal
getackert und mit einer minimalen Träne der
Verzweiflung befeuchtet wurden.

"Bürokratie ist, wenn das System genau das produziert, was keiner braucht – in dreifacher Ausfertigung."

„Der König der Bürokratie"

Der König der Bürokratie

Es gibt Helden, deren Taten besingen wir in Liedern:

- Alexander der Große.

- Odysseus.

- Und, in meiner Stadt, Herr Egon Wutzke – der König der Bürokratie.

Herr Watzke war ein Mann wie ein Paragraph.
Glatt, unergründlich und schwer zu überholen.

Er hatte sich ein Ziel gesetzt:
Er wollte innerhalb eines einzigen Tages so viele Stempel wie möglich von verschiedenen Ämtern sammeln.

Warum?
Niemand weiß es genau.
Vielleicht ein innerer Ruf.
Vielleicht eine verlorene Wette.
Vielleicht reine Berufung.

Sein Abenteuer begann an einem Dienstagmorgen, Punkt 07:59 Uhr.

Watzke stand als Erster vor dem Bürgeramt, mit der Entschlossenheit eines Polarforschers kurz vor dem Südpol.

In der Hand:
– Zehn Anträge.
– Vier Formulare.
– Drei Bestätigungen.
– Ein Beutel mit Pausenbroten.

Erster Stempel: Ummeldung des Wohnsitzes.
Formular 5B, Schalter 2.

Zweiter Stempel: Beantragung einer Kopie der Ummeldung.
Formular 5B-Kopie, Schalter 3.

Dritter Stempel: Bestätigung der Kopie der Ummeldung.
Formular 5B-Kopie-Bestätigung, Schalter 4.

Er fegte durch die Flure des Bürgeramts wie ein Tornado in einer Aktentaschenabteilung.

Sogar die Security begann irgendwann, respektvoll zu grüßen.

Um 10:30 Uhr hatte Wutzke bereits:

- Die Meldebescheinigung neu beantragt,

- Die Meldebescheinigung beglaubigen lassen,

- Die Beglaubigung der Meldebescheinigung zur Vorlage bei der Hausverwaltung gesichert,

- Und die Bestätigung dieser Vorlage als Zweitschrift eingefordert.

Jeder Vorgang mit Stempel.
Manchmal zwei.
Manchmal drei, wenn die Laune des Beamten besonders gut war.

Um 12:15 Uhr machte er eine kurze Pause.
Er aß ein Pausenbrot – Wurst, ohne Senf, denn Senf wäre vermutlich genehmigungspflichtig gewesen.

Dann ging es weiter:

- Führungszeugnis beantragt.

- Führungszeugnis-Kopie angefordert.

- Antrag auf Korrektur eines Tippfehlers im Führungszeugnis eingereicht („Schulstraße" statt „Schuhlstraße").

Die Mittagssonne stand hoch, als Herr Watzke triumphierend das Bauamt enterte.

- Antrag auf Genehmigung eines Fahrradunterstands gestellt.

- Bestätigung der Antragstellung verlangt.

- Kopie der Bestätigung der Antragstellung eingefordert.

Als das Bauamt einen neuen Stapel Formulare aus dem Lager holte, lächelte Watzke freundlich und sagte: **„Ich bin flexibel."**

Am späten Nachmittag, sein Aktenstapel inzwischen so hoch wie ein durchschnittlicher Kindergartenstuhl, näherte er sich seinem Meisterwerk.

Im Hauptgebäude des Landratsamts holte er sich:

- Einen Stempel für die Korrektur der Stempelung auf einem Antrag,

- Eine Quittung für die Gebührenzahlung,

- Eine Empfangsbestätigung über die Abgabe der Quittung über die Gebührenzahlung.

Als die Ämter schlossen, trugen ihn zwei Azubis feierlich auf einem Rollstuhl über den Vorplatz.

In seiner Hand:
Ein letzter Stempel.

Darauf geschrieben:
„Heute erledigt."

Egon Watzke hatte an einem einzigen Tag 48 Stempel gesammelt.
Ein Mann, ein Mythos, eine wandernde Personalakte.

Heute hängt ein Bild von ihm im Bürgeramt:
Zwischen der Brandmeldezentrale und dem Feuerlöscher.
Eine kleine Plakette darunter:

„Egon Watzke – König der Bürokratie.
Er kam, sah und beglaubigte."

"Ein Antrag ist erst dann wirklich verloren, wenn auch der Geist des verschollenen Antrags ihn nicht mehr findet."

„Das Phänomen der verschwundenen Akte"

Das Phänomen der verschwundenen Akte

Manchmal stellt man sich das Funktionieren einer
Behörde so vor:
Akten rein, Akten bearbeitet, Akten raus.
Wie bei einer gut geölten Maschine.
Oder einem wenigstens halbwegs nüchternen
Bierzapfhahn.

Doch wehe, eine Akte **verschwindet**.
Dann beginnt ein Abenteuer, gegen das selbst die Suche
nach Atlantis wie ein Sonntagsspaziergang wirkt.

Es begann, als ich einen Antrag auf eine
Baugenehmigung stellte.
Es ging nur um ein kleines Gartenhäuschen – für
Gartengeräte, Gießkannen und mein seelisches
Gleichgewicht.

Ich reichte den Antrag samt aller Unterlagen persönlich
ein:

- Lageplan,

- Bauzeichnung,

- Statik,

- Brandschutzkonzept (ja, für ein Holzhaus in der Größe eines Dackelrudels).

Man versicherte mir:
„Alles vollständig.
Bearbeitung dauert etwa 6 bis 8 Wochen."

Sechs Wochen später: nichts.
Acht Wochen später: Stille.
Zehn Wochen später: Erste Selbstzweifel.
Zwölf Wochen später: Religiöse Erwägungen.

Ich rief an.

Ein junger Mann am Telefon, Typ „Aushilfskraft auf Lebenszeit", klickte nervös in seiner Tastatur herum. Dann seine erhellende Antwort:

„Ihr Antrag... äh...
ist hier nicht auffindbar."

Pause.

„Er war mal da.
Aber jetzt ist er... nicht mehr da."

„Wie kann ein Antrag einfach verschwinden?"
fragte ich vorsichtig.

Er schwieg kurz, dann raunte er in verschwörerischem
Ton:
„Manchmal... passiert das."

Er empfahl mir, persönlich vorbeizukommen, um mit
der Abteilung „Antragsmanagement" zu sprechen.

Ich ahnte:
Das würde ein Abenteuer werden.

Am nächsten Morgen stand ich im Bauamt, Zimmer 212.
Eine muffige, mit Papier überladene Zelle, in der
vermutlich seit 1972 niemand mehr gelüftet hatte.

Drei Sachbearbeiter saßen hinter Schreibtischen, die
unter der Last von Aktenbergen ächzten.
In der Mitte ein Faxgerät, das aussah, als hätte es den
Ersten Weltkrieg mitgemacht.

Ich schilderte mein Anliegen.

Der Beamte mit der Lesebrille schob sich seufzend auf
seinem Stuhl nach hinten.

„Ihr Name?"
„Volkmar Relle."
„Antrag auf was?"
„Gartenhäuschen."
„Wann eingereicht?"
„Vor drei Monaten."

Er begann zu suchen.

Er durchwühlte Aktenschränke, Papierstapel, Kartons,
alte Sitzkissen.

Nichts.

Dann rief er eine Kollegin zu Hilfe.

Sie tauchte mit einem Hechtsprung unter einen
Schreibtisch, aus dem sie eine vergilbte Mappe
hervorzog.

**„Antrag auf Hundehütte 1986.
Nicht Ihrer?"**

„Nein."
"Schade."
Sie schob die Mappe resigniert wieder zurück.

Nach einer Stunde kollektiver Schatzsuche stand fest:

Mein Antrag war verschwunden.
Er war im System untergegangen.
Ein Opfer der mystischen Antragsgravitation.

Man bot mir zwei Optionen an:

1. Neuer Antrag.

2. Warten, ob der alte Antrag „wieder auftaucht".

(Das klang ungefähr so hoffnungsvoll wie die Ansage „Wir beobachten, ob die Titanic wieder auftaucht.")

Ich entschied mich für Option 1.
Und stellte – leicht resigniert – einen neuen Antrag.
Mit neuen Kopien.
Neuem Formular.
Neuer Gebühr.

(Alte Tränen.)

Heute, wenn ich durch mein kleines Gartenhäuschen schreite,

streichele ich manchmal liebevoll die Türrahmen und
flüstere:
„Ihr seid das Produkt zweier Anträge.
Der sichtbare – und der verlorene Bruder."

Und ich bin mir sicher:
Irgendwo, tief in den Archiven des Bauamts, liegt mein
erster Antrag noch immer.
Träumend.
Wartend.
Und manchmal leise flüsternd:
„Ich bin noch da... irgendwo... zwischen
Wurstsemmelrechnungen von 1998 und dem Bauplan
einer längst abgerissenen Turnhalle."

"Amtslogik: Wenn Sie Formular A haben, brauchen Sie Formular B. Für Formular B brauchen Sie aber erst Formular A. Viel Glück!"

„Der Befreiungsschlag: Abmeldung Deutschland"

Der Befreiungsschlag: Abmeldung Deutschland

Es gibt Menschen, die träumen davon, Deutschland zu verlassen.
Wärmere Länder.
Günstigere Mieten.
Mehr Sonnenstunden, weniger Formularseiten.

Was sie aber oft vergessen:
Bevor man Deutschland verlässt, muss man sich erst einmal offiziell abmelden.

Und das, meine Freunde, ist eine Herausforderung, gegen die die Überquerung der Alpen in Sandalen wie ein Kindergeburtstag wirkt.

Mein Abenteuer begann mit einer guten Portion Optimismus.

Ich betrat das Bürgerbüro, lächelte freundlich und verkündete:
„Ich möchte mich abmelden.
Ich ziehe ins Ausland."

Die Dame hinter dem Schalter – Typ „lebendes Denkmal aus der Antragssteinzeit" – hob nicht einmal die Augenbrauen.

Sie reichte mir wortlos ein Formular, das mindestens achtmal so komplex war wie meine eigentliche Reiseplanung.

Erste Hürde:
"Neuer Wohnsitz?"

Ich schrieb: „Spanien."

Fehler.

Die Dame tippte mürrisch auf das Formular:
„Genaue Adresse.
Mit Postleitzahl."

„Aber... ich habe noch keine Wohnung.
Ich suche erst vor Ort."

Sie schüttelte den Kopf.

„Ohne neue Adresse keine Abmeldung."

Zweite Hürde:
„Voraussichtliche Aufenthaltsdauer im Ausland?"

Ich schrieb optimistisch: „Für immer."

Sie schnaubte.

„Maximaler Aufenthalt darf nur angegeben werden, wenn nachweislich keine Rückkehrabsicht besteht."

„Aber... ich kündige hier doch alles!"
„Das müssen Sie belegen."

Also reichte ich:

- meine Kündigung des Mietvertrags,

- die Abmeldung beim Stromversorger,

- und mein tränenreiches Schreiben an den Birkenhof in Grafenwiesen.

Nicht ausreichend.

Man verlangte:

- einen nachweisbaren Arbeitsvertrag im Ausland (habe ich nicht, bin Rentner),

- oder alternativ:

- eine „Bestätigung über die Absicht der endgültigen Niederlassung", unterschrieben von einem spanischen Amt.

Ich wagte eine vorsichtige Frage:
„Und wie soll ich in Spanien eine Bestätigung bekommen,
wenn ich noch gar nicht da bin,
weil ich ja hier noch nicht abgemeldet bin?"

Die Dame lächelte.
Ein Lächeln, so kalt, dass vermutlich der Kaffee im Wartezimmer augenblicklich gefror.

**„Das können wir Ihnen leider nicht sagen.
Das müssen Sie selbst organisieren."**

Ich bat darum, einfach „unbekannter Wohnsitz im Ausland" anzugeben.

Antwort:
„Das geht – aber dann erhalten Sie eine Strafe wegen unvollständiger Meldeangaben."

Am Ende einigten wir uns auf einen Kompromiss:

Ich schrieb als neue Adresse:
„Calle Futura, Hausnummer unbekannt, irgendwo in Andalusien."

Die Dame runzelte die Stirn.
Aber da ich gleichzeitig ein formloses Schreiben
aufsetzte – „Hiermit versichere ich eidesstattlich, dass
ich tatsächlich beabsichtige, Spanien grob zu betreten" –
drückte sie ein Auge zu.

Nach weiteren Formularschlachten, eidesstattlichen
Erklärungen und dem entrückten Gefühl, an einem sehr
schlechten Improtheaterstück teilzunehmen, hielt ich es
endlich in der Hand:

Meine Abmeldebestätigung.

Sie reichte sie mir über den Schalter, so feierlich,
als würde sie mir die Bundeslade persönlich übergeben.

Heute hängt dieses Dokument in meinem Wohnzimmer.
eingerahmt.
Mit einer kleinen Plakette darunter:
**„Befreiung von der deutschen Meldepflicht –
unter Aufbietung aller psychischen Reserven
errungen."**

Und jedes Mal, wenn ich daran vorbeigehe, flüstere ich
still:
**„Ich habe es geschafft.
Ich bin raus.
Offiziell."**

"Lächeln Sie – bevor die nächste Nummer aufgerufen wird."

„Bonuskapitel: Survival Guide für Behördengänge"

Bonuskapitel: Survival Guide für Behördengänge

Nach unzähligen Stunden in Warteschlangen, nach
Expeditionen ins Herz der Bürokratie, nach
Begegnungen mit Formularen, die älter sind als ich
selbst,
habe ich eines gelernt:

Behördengänge sind kein Termin.
Sie sind ein Abenteuer.
Ein Überlebenstraining für Fortgeschrittene.

Damit auch Sie, liebe Leser, nicht unvorbereitet in die
nächste Amtshölle stolpern,
präsentiere ich Ihnen hier – exklusiv und auf eigene
Nerven erprobt – den ultimativen:

Survival Guide für Behördengänge

1. Bereiten Sie sich mental vor.

- Lesen Sie ein Kapitel aus „Der Prozess" von Franz Kafka.

- Schauen Sie sich ein 12-stündiges Video über wachsendes Gras an.
  (Es geht ungefähr genauso schnell wie die Bearbeitung Ihres Anliegens.)

Nur wer innerlich vollkommen leer ist, wird von der Realität nicht mehr überrascht.

2. Packen Sie eine Überlebensausrüstung.

Unbedingt einpacken:

- Zwei Liter Wasser

- Drei belegte Brote (wahlweise auch Dörrfleisch für längere Aufenthalte)

- Ladegerät fürs Handy (plus Ersatzakku, Solarzelle, Dynamo)

- Sudokuheft (für das geistige Überleben)

- Wollsocken (man weiß nie, wie lange man auf kalten Fliesen sitzen muss)

- Eventuell ein kleines Zelt (nur falls die Wartezeit die 48-Stunden-Marke übersteigt)

---

3. Entwickeln Sie emotionale Schutzmechanismen.

- **Sarkasmus:** Wird Ihnen helfen, wenn Ihr Antrag „versehentlich im System gelöscht" wurde.

- **Selbstironie:** Wenn Sie zum dritten Mal an der falschen Schlange anstanden.

- **Meditation:** Insbesondere bei Formulierungen wie „Das ist nicht mein Zuständigkeitsbereich."

Wer lacht, lebt länger.
Wer über Behörden lacht, wird unsterblich.

4. Bringen Sie ALLES doppelt mit.

Mindestausstattung:

- Antrag im Original

- Antrag in dreifacher Kopie

- Bestätigung, dass Sie den Antrag selbst unterschrieben haben

- Beglaubigte Kopie der Bestätigung

- Eidesstattliche Versicherung, dass Ihre Unterschrift echt ist

- Taufurkunde Ihres Haustiers (man weiß nie)

Kurz gesagt:
Wenn Sie sich fühlen, als würden Sie für die Olympischen Spiele des Papierkriegs trainieren – dann sind Sie richtig.

5. Rechnen Sie mit allem – aber erwarten Sie nichts.

- Der Aufzug wird kaputt sein.

- Der zuständige Sachbearbeiter wird „heute leider nicht im Haus" sein.

- Die einzige freie Parklücke wird gleichzeitig für Kanalarbeiten genutzt.

Behördenlogik lautet:
Nichts geht.
Aber alles muss sein.

---

6. Merken Sie sich den goldenen Spruch:

„Geduld ist nicht die Fähigkeit zu warten, sondern die Fähigkeit, beim Warten nicht völlig durchzudrehen."

(Sollten Sie diesen Spruch an die Wand des Bürgerbüros sprayen, beachten Sie bitte die lokalen Auflagen zur Graffiti-Genehmigung.)

Fazit:

Ein Behördengang ist wie eine Dschungelprüfung:

- Es gibt Hindernisse.

- Es gibt Prüfungen.

- Es gibt sehr, sehr viele Schlangen.

- Und am Ende gibt es – manchmal – ein kleines Stück Papier.

Aber dafür werden Sie innerlich wachsen.

Oder zumindest daran reifen wie ein besonders zäher Käselaib.

Also: Rüsten Sie sich.
Stählen Sie Ihre Nerven.
Lächeln Sie freundlich.
Und ziehen Sie eine Nummer.
Vielleicht wartet das Abenteuer schon hinter Schalter 7 auf Sie.

Viel Erfolg –
und denken Sie daran:
Amtsgänge sind wie schlechte Witze.
Sie sind nur dann erträglich, wenn man über sie lacht.

Fünf kleine Überlebenshilfen im "Amtendschungel"

Manche glauben, der Behördengang endet mit dem
letzten Stempel.
Andere ahnen:
Jetzt geht der wahre Wahnsinn erst richtig los.

Hier, liebe Leserin, lieber Leser,
folgt eine kleine Sammlung von überlebenswichtigen
Weisheiten,
über die der erfahrene Antragsteller wohlwollend
lächelt
– und der Neuling verzweifelt seinen Kuli zerbeißt.

Fünf Mini-Geschichten, die nicht größer sein wollen als
eine Wartemarke –
aber genauso unvermeidlich sind.

Nehmen Sie sich ein Ticket.
Setzen Sie sich bequem (sofern der Stuhl hält).
Und begleiten Sie mich ein letztes Mal in die tiefen Flure
des "Amtendschungels".

Viel Vergnügen!

Ihr
VORELLE

Mini-Kapitel:

- 10 Gebote
- Bullshit-Bingo
- Der Geist
- Die Stühle
- Das Formular

Die zehn Gebote des Behördengängers

Und siehe, es geschah zu der Zeit, als der Bürger seine Angelegenheiten in Ordnung bringen wollte.
Da stieg er hinab in die düsteren Hallen des Amtes, wo Wartemarken reifen und Anträge auf mysteriöse Weise verschwinden.
Und eine Stimme sprach zu ihm aus dem Lautsprecher (leicht verrauscht):
"Bitte ziehen Sie eine Nummer!"

Und so wurden dem Bürger die zehn heiligen Gebote des Behördengängers offenbart:

1. Du sollst keinen anderen Schalter neben dem Deinen haben.
Wandere nicht umher wie ein verlorenes Schaf.
Bleibe standhaft, auch wenn Schalter 4 verlockend leer erscheint.

2. Du sollst Dir keinen Termin machen, der eingehalten wird.
Denn Termine im Amt sind wie Einhörner:
Schön in der Vorstellung, selten in der Realität.

3. Du sollst den Sachbearbeiter ehren – auf dass du lange lebst im Wartezimmer.

Ein freundliches Nicken zur richtigen Zeit kann Wunder bewirken.

Oder wenigstens ein mildes Augenbrauenheben.

4. Du sollst immer eine Kopie zur Kopie bei Dir tragen.

Und eine beglaubigte Kopie der Kopie.

Und ein Passbild, falls plötzlich eines verlangt wird.

Am besten mit mehreren Varianten: ernst, leicht lächelnd, triumphierend.

5. Du sollst niemals denken, es ginge schneller.

Dieser Gedanke ist die Wurzel allen Frustes.

Gib ihn auf – und erlange den inneren Frieden eines Stoikers.

6. Du sollst Dein Anliegen in Demut und leisem Flüsterton vortragen.

Die Götter der Verwaltung mögen keine forschen Töne.

Nur devotes Murmeln wird erhört.

7. Du sollst dem EDV-Ausfall ergeben begegnen.

Wenn der Rechner streikt, streikt auch dein Fortschritt.

Halte still. Akzeptiere dein Schicksal.

8. Du sollst in der Warteschlange nicht murren – nur innerlich kochen.

Warte mit Haltung.

Atme tief ein, wenn vor dir jemand beginnt, sein

gesamtes Leben inklusive Ahnenforschung an Schalter 3
zu erklären.

**9. Du sollst keine eigenen Formulare basteln – sie
werden Dir nicht glauben.**
Handschriftlich aufgesetzte Anträge werden betrachtet
wie mittelalterliche Schatzkarten:
interessant, aber völlig unbrauchbar.

**10. Du sollst Deine Hoffnung verlieren – aber nie Dein
Lächeln.**
Denn irgendwann, vielleicht noch zu deinen Lebzeiten,
wird die erlösende Stimme verkünden:
„Nummer 743, bitte zum Schalter 2!"

Und der Bürger zog seine Marke,
setzte sich auf den Stuhl der Geduld,
und hoffte – wie alle vor ihm und nach ihm –
auf ein kleines Wunder in der Verwaltungshölle.

Bullshit-Bingo beim Bürgeramt

Manche gehen ins Bürgeramt, um Formulare einzureichen.
Andere, um Adressen zu ändern oder Ausweise zu beantragen.
Aber die wahren Eingeweihten kommen wegen etwas viel Aufregenderem:
Bullshit-Bingo.

Denn wer länger als drei Minuten im Warteraum verbringt,
weiß, dass bestimmte Sätze mit der Verlässlichkeit eines Schweizer Uhrwerks fallen.
Und so entstand das inoffizielle, doch hoch angesehene
Amtliche Bullshit-Bingo –
eine Disziplin, die Geduld, Spontaneität und einen Sinn für schmerzhaften Humor vereint.

Hier die offizielle Bingokarte (inoffiziell natürlich, schließlich ist nichts offiziell, bis es dreifach abgestempelt wurde):

Bullshit-Bingo beim Bürgeramt:

☐ „Dafür bin ich nicht zuständig."
☐ „Das müssen Sie schriftlich beantragen."

☐ „Das dauert etwa sechs bis acht Wochen."
☐ „Da brauchen wir noch eine beglaubigte Kopie."
☐ „Das haben wir so nicht im System."
☐ „Haben Sie schon mit Schalter 7 gesprochen?"
☐ „Heute leider nicht möglich."
☐ „Der Kollege ist gerade auf Fortbildung."
☐ „Bitte füllen Sie das Online-Formular aus – wir drucken es dann aus."
☐ „Ach, da müssen wir eine neue Regelung abwarten."

Regeln:

- Ein Satz = ein Kreuz.

- Bei fünf Kreuzen waagrecht, senkrecht oder diagonal: **Bingo!**

- Preise gibt es keine – aber der stille Triumph ist unbezahlbar.

Profi-Tipp:
Fortgeschrittene versuchen, ein doppeltes Bingo zu erreichen,
indem sie höflich eine einfache Frage stellen – und fünf widersprüchliche Antworten gleichzeitig erhalten.

Besonders hohe Punktzahl bringt die seltene
Königsdisziplin:
**„Tut mir leid, da müssen Sie sich an die andere
Abteilung wenden, die heute leider geschlossen ist."**

Kleiner Warnhinweis:
Zu exzessives Grinsen beim Bingo-Spiel könnte den
Argwohn des Sachbearbeiters wecken –
und wer weiß: vielleicht wird dann plötzlich doch noch
ein weiteres Formular nötig.
In dreifacher Ausfertigung.
Unterschrieben.
Und mit original getrocknetem Amtsstempel.

**Bullshit-Bingo: Weil man beim Warten ja schließlich
auch ein bisschen Spaß haben darf.**

Der Geist des verschollenen Antrags

Manchmal, in den langen, stillen Stunden im Amt, wenn
die Nummernausrufer verstummt sind
und die fluoreszierenden Deckenlampen müde vor sich
hin brummen,
dann spürt man ihn.
Den kalten Hauch eines nicht abgeschlossenen
Vorgangs.
Ein Wispern in den Aktenschränken.
Ein kaum hörbares "Formular... verloren..." im Luftzug
der offenen Tür.

Der Geist des verschollenen Antrags.

Seine Legende ist so alt wie das Bürgeramt selbst:
Ein Antrag – sauber ausgefüllt, mit allen Stempeln und
Unterschriften versehen –
verschwand auf mysteriöse Weise zwischen Schalter 3
und Abteilung 4.2b.

Zeugen berichten von fliegenden Formularen,
von Aktenbergen, die sich plötzlich verschoben,
und von einem gespenstischen Rascheln aus der Ecke

des Postausgangs,
wo niemals ein Ausgang war.

Seine Erscheinungsformen:

- Plötzlich verschwundene Unterlagen („Ihr Antrag? Der war doch eben noch da!")

- Anträge, die angeblich nie eingegangen sind, obwohl man persönlich drei Durchschläge vorbeibrachte

- E-Mails mit Anhang „nicht zustellbar" – obwohl sie im System als „erfolgreich gesendet" gelten

- Sachbearbeiter, die beim Wort „Antrag" plötzlich in die Ferne starren, als hörten sie eine längst vergessene Melodie

---

Wie man den Geist beschwört:

- Füllen Sie ein Formular lückenlos und ordentlich aus.

- Übergeben Sie es persönlich.

- Bestehen Sie darauf, keine Kopie für sich selbst zu machen.

Innerhalb weniger Tage wird der Geist sich Ihres Antrags bemächtigen.
Er wird ihn in den Äther der Bürokratie entsenden, wo verlorene Anträge weinen, bis das Faxgerät sie ins Nirvana entlässt.

Wie man ihn besänftigt:

- Bringen Sie stets Kopien in dreifacher Ausführung mit.

- Machen Sie ein Selfie bei der Abgabe.

- Bitten Sie höflich um eine Eingangsbestätigung. (Am besten handschriftlich, mit Datum, Uhrzeit und Fingerabdruck.)

Nur so entgehen Sie dem Fluch des ewig suchenden Sachbearbeiters:
„Da kann ich leider nichts machen."

Der Geist des verschollenen Antrags wird bleiben,
so lange es Formulare gibt,
so lange Menschen hoffen,
und so lange Nummern gezogen werden,
um dann im Wartesaal der Vergessenheit zu stranden.

Die Odyssee der Wartezimmerstühle

Willkommen in einem der rätselhaftesten
Paralleluniversen unserer Zeit:
dem Wartezimmer.
Genauer gesagt: dem Biotop der Wartezimmerstühle.

Denn wer glaubt, dass Sitzmöbel in Behörden zum
Sitzen da sind,
hat entweder noch nie länger als 45 Minuten auf seinen
Aufruf gewartet –
oder verfügt über ein Rückgrat aus Adamantium.

Typologie der Wartezimmerstühle:

- **Der Foltersessel:**

    - Hart wie Beton, leicht schief,
      Rückenlehne auf Höhe der unteren
      Lunge.

    - Wer hier länger als 15 Minuten verharrt,
      entwickelt automatisch die Haltung eines
      Buckeltiers.

- **Der Kippstuhl:**

  - Wackelt bedrohlich bei jeder Gewichtsverlagerung.

  - Perfekt für Adrenalinjunkies, die den Nervenkitzel nicht nur beim Nummernziehen suchen.

- **Das Designerstück:**

  - Hübsch anzusehen, ergonomisch ein Albtraum.

  - Hat die Tragfähigkeit eines nassen Pappkartons und die Gemütlichkeit einer Stehlampe.

- **Der Resopaltitan:**

  - Seit 1974 unerschütterlich im Dienst.

  - Polsterung? Fehlanzeige.

  - Duftnote: eine Mischung aus Bohnerwachs und jahrzehntelang gesammeltem Warteschweiß.

Überlebenstipps für die Stuhl-Odyssee:

- Profis bringen ein eigenes Kissen mit.

- Könner falten die Wartemarke kunstvoll zu einer Sitzunterlage.

- Großmeister des Wartens erreichen eine Art schwebenden Zen-Zustand 2 cm über der Sitzfläche.

Warum gibt es keine bequemen Sessel im Amt?
Eine berechtigte Frage.
Antwort:
Weil bequeme Stühle Menschen dazu verleiten würden, zu bleiben.
Man stelle sich nur vor, eine Behörde voller dösend vor sich hin schaukelnder Bürger!
Ein Szenario schlimmer als jede verlorene Akte.

Und so bleiben sie:
hart, kalt, schief, wacklig –
die treuen Begleiter auf unserer endlosen Odyssee durch
den Amtendschungel.

Nehmen Sie Platz.
Aber wundern Sie sich nicht, wenn Sie danach 20 cm
kleiner sind.

Was Ihr Formular Ihnen nicht verrät

Formulare.
Auf den ersten Blick harmlos:
Ein paar Kästchen, ein paar harmlose Fragen, dazu
freundliche Linien, die einem den Weg weisen sollen.

Doch wehe dem, der glaubt, ein Formular sei ein
einfacher Wegweiser.
**In Wahrheit sind Formulare die Labyrinthe des
modernen Menschen –
mit dem kleinen, aber entscheidenden Unterschied,
dass der Ausgang häufig nicht vorgesehen ist.**

**Versteckte Wahrheiten, die Ihnen kein Formular
verrät:**

- **Die harmlos klingende Zeile „weitere Angaben
  freiwillig"**
  bedeutet in Wirklichkeit:
  „Wenn Sie hier nichts schreiben, dauert die
  Bearbeitung drei Monate länger."

- **Das unscheinbare Feld „hier nichts eintragen"**
  ist die Fangfrage der Bürokratie.

Wer hier versehentlich doch etwas einträgt, darf
von vorn anfangen – auf einem neuen Formular.
In dreifacher Ausfertigung.

- **Die freundliche Aufforderung „bitte in
  Blockschrift ausfüllen"**
  wird mit der gleichen Ernsthaftigkeit behandelt
  wie eine UNO-Resolution:
  Jeder ignoriert sie, aber wehe, jemand
  kontrolliert.

- **Die Zeile „Angaben zur Berufstätigkeit"**
  umfasst in Wahrheit:
  sämtliche bisherige Tätigkeiten, Ehrenämter,
  Praktika und misslungene Versuche, den
  Dachboden zu entrümpeln.

- **Die unscheinbare Abkürzung „ggf."**
  steht nicht – wie der Laie glaubt – für
  „gegebenenfalls", sondern für:
  „geheim gehalten für Fehlerprüfung".

Geheime Regeln für das Ausfüllen von Formularen:

1. **Fülle immer alles aus – auch wenn du es nicht
   verstehst.**
   Leere Felder wecken Misstrauen.

2. **Vermeide Kreativität.**
   Zusätzliche Anmerkungen wie „siehe Anhang"
   oder „eigentlich irrelevant"
   führen nur zu Verwirrung – und zu neuen
   Formularen.

3. **Unterschreibe so, dass es aussieht, als würdest
   du es ernst meinen.**
   Eine lässige Unterschrift könnte als subversiver
   Akt gedeutet werden.

Formulare sind also nicht bloß Ausdruck moderner
Verwaltungskunst –
sie sind Prüfsteine unserer Geduld,
unserer Handschrift
und unseres Vertrauens darauf,
dass irgendwo da draußen jemand wirklich weiß,
warum Seite 5 von Antrag 3b existiert.

Ob wir sie jemals vollständig durchschauen werden?
Wohl kaum.
Aber immerhin wissen wir jetzt:
Das wahre Abenteuer beginnt nicht am Schalter.
Sondern beim ersten Kreuzchen.

Was Vorelle noch zu sagen hätte...

Wenn Sie es bis hierhin geschafft haben – zwischen verschwundenen Akten, überlasteten Warteschlangen und unbesiegbaren Formularfestungen – dann haben Sie nicht nur Humor, sondern auch Amtsüberlebensfähigkeit bewiesen.

Und damit gehören Sie zu genau jener Spezies, für die auch zukünftige Expeditionen durch den absurden Alltag reserviert sein werden.

Denn die Welt hört bekanntlich nicht hinter dem Schalter auf.
Ganz im Gegenteil: sie geht weiter – draußen im wirklichen Leben, wo Kunden Könige sind (zumindest in der Theorie) und Menschen alles tun würden, um an der Hotline nicht in der Endlosschleife „Ihre Anfrage ist uns wichtig" zu verenden.

Vielleicht dürfen Sie sich also in naher Zukunft auf weitere Expeditionen freuen, wie etwa:

- "Kunde. König. Glücklich." – Ein satirischer Streifzug durch die wunderbare Welt des

Kundenservice.

- "Bitte ziehen Sie eine Nummer – Teil 2" – Neue
  Abenteuer aus dem deutschen Amtendschungel.

Und wer weiß:
Vielleicht folgt irgendwann auch "Camping mit
Amtsschimmel" – ein Reisebericht über eine Tour, bei
der Antragsformulare schwerer wiegen als das Gepäck.

Was auch immer kommt:
Es wird wie immer mit einem Augenzwinkern erzählt.
Und vielleicht, ganz vielleicht, wird irgendwo am
Horizont eine kleine Wartemarke im Wind flattern –
bereit für das nächste Abenteuer.

Bis dahin:
Bleiben Sie tapfer. Bleiben Sie humorvoll. Und vergessen
Sie nie: Lächeln Sie – bevor die nächste Nummer
aufgerufen wird.

Ihr
VORELLE